EINE REISE ANS ENDE DER WELT

Sascha Kugler

Impressum:

Ein Buch von Sascha Kugler

Lektorat:
Iris Hudert

Umschlaggestaltung, Satz, Layout:
Idee und Werbung · 8244 Schlehdorf
www.ideeundwerbung.de

Vertrieb:
FLVG-Verlag · Kirchweg 13 · 08527 Straßberg

Printed in Germany

Für Felix und Marie
und die Kinder dieser Welt

Tage, wenn sie scheinbar uns entgleiten,
gleiten leise doch in uns hinein,
aber wir verwandeln alle Zeiten,
denn wir sehnen uns zu sein.

Rainer Maria Rilke

Eine Reise ans Ende der Welt

Heute. Ich sitze am Flughafen in Frankfurt und warte auf meinen Abflug nach San Francisco. Menschen hasten von A nach B. Stimmengewirr überall. Es riecht nach großer weiter Welt. – Mir gefallen diese Momente. Die Zeit vor dem Abflug ist für mich eine Oase der Ruhe. Die Hektik im Büro und zu Hause in den Tagen vor der Abreise ist vorüber, und ich kann durchatmen. Was ich nicht vorher erledigt oder mitgenommen habe, kann ich jetzt auch nicht mehr ändern. Ich sitze da, entspanne und werde ruhig. Die Geschehnisse der letzten Jahre, Bilder, Menschen, ziehen langsam vor meinem inneren Auge vorüber.
Meine Hand befühlt den kleinen grünen Smaragd, der in Silber gefasst an einem Lederband um meinen Hals hängt. Ein Freund hatte ihn mir mit den Worten geschenkt, dass der Stein mir auf meinen Wegen immer ein guter Begleiter sein solle, denn er wäre schon seit alters her das Symbol für den richtigen Weg. Seine Kraft stehe für Intuition genauso wie für Frieden und Harmonie in Körper und Geist, für die Kombination von kreativen und heilenden Kräften. Damals konnte ich damit nichts anfangen, doch in den letzten Jahren war mir die tiefe innere Bedeutung seiner Worte bewusst geworden.

Gelassen schaue ich Terminal B hinunter, lasse meinen Blick über die Menge schweifen, beobachte die Verkäufer im Gespräch mit den Kunden und sehe dann, sich aus der Masse lösend, einen Menschen, schwarz gekleidet, mit dynamischem Schritt in meine Richtung kommen. Ein Lächeln breitet sich in meinem Gesicht aus, denn ich erkenne ihn sofort. Er wirkt immer noch so wie damals, als ich ihn zum ersten Mal traf, unverwechselbar in

Ausstrahlung und Energie. Dynamik pur. Der Meisterunternehmer. Auch er erkennt mich und geht auf mich zu. Ich stehe auf. Wir geben uns die Hand und umarmen uns. Freuen uns. Setzen uns an einen Tisch in einem Bistro und sprechen über die Vergangenheit und die Zukunft. Wir genießen diesen Moment Zeit, zwei Menschen, die sich begegnen, er auf dem Weg nach Rio, ich auf meinem Weg nach San Francisco.

„Was ist aus dir geworden?“, fragt er mich statt einer Begrüßung. „Ich bin Potenzialentdecker geworden!“, antworte ich. Er strahlt mich an und sagt: „Das passt zu dir! Erzähl mir, wie bist du dazu gekommen?“

Und so erzählte ich ihm meine Geschichte…

Vor vielen Jahren.

Ich war damals ein junger Student und angehender Manager. In meinem Auto fuhr ich durch ein kleines Dorf. In der Mitte des Dorfes stand an der Straße ein alter Bauernhof, der Jahre zuvor ausgebrannt war. Dieser Bauernhof war kürzlich verkauft und in ein kleines Hotel mit Restaurant verwandelt worden. Selbst in der Region kannte fast niemand den Namen des Betriebes. Die meisten Menschen in der Gegend hielten das Projekt für eine Nummer zu groß und trauten der Sache keine große Zukunft zu.

Am Anfang der Straße, an welcher der Bauernhof lag, befand sich der Ort, aus dem ich kam. Am Ende der Straße war mein Arbeitsplatz, zu dem ich jeden Tag fuhr.

Im Laufe der nächsten Jahre kam ich jeden Tag an dem Anwesen vorbei, das immer größer wurde. Ständig war wieder etwas daran gebaut worden, größer, besser, neuer, anders. Jeder, der daran vorbeifuhr, konnte spüren: Hier wächst etwas, hier ist ein Zentrum von Energie und Kraft. Und das Anwesen wuchs und wuchs. Wurde zunehmend bekannter.

Und ich, mittlerweile nannte ich mich schon Manager, fuhr weiterhin täglich an dem ehemaligen Bauernhof vorbei und bewunderte das Geschehen aus der Ferne. Im Laufe der Jahre brachte ich viele meiner Kunden aus der ganzen Welt in das Hotel. Alle waren begeistert und berichteten mir von den außergewöhnlichen Tagen, dem tollen Service und den netten Menschen dort. Und ich empfahl auch meine nächsten Kunden wieder dorthin.

Ich dachte mir nichts weiter dabei, fragte nicht nach, warum dieses Hotel die Menschen wohl so anzog und in seinen Bann schlug. Ich dachte nicht darüber nach, denn ich musste ja mein eigenes Leben leben.

16 Jahre waren inzwischen vergangen.
Als Manager war ich entlassen worden. Es war alles sehr schnell gegangen. Überraschend kaufte ein großer Anleger das Unternehmen gleichsam über Nacht und verlagerte den Betrieb ins Ausland. Die Belegschaft brauchte man nicht mehr, und mich, den Manager, schon gar nicht.

Einige Monate später fuhr ich wieder einmal durch das Dorf am Rande der Straße, die zu meinem Haus führte.

Einem Gefühl folgend fuhr ich dieses Mal nicht an dem ehemaligen Bauernhof vorbei, sondern parkte mein Auto vor dem Hotel. Ich schlenderte über den Hof, betrat zum ersten Mal den Sommergarten, setzte mich an einen freien Tisch, bestellte ein Bier und begann, das pulsierende Leben zu beobachten.

Am Eingang zum Garten hatte mich bereits ein aufmerksamer Herr begrüßt. Beim Bestellen sah ich den Herrn wieder, beobachtete, wie er sich mit Gästen und Mitarbeitern des Hotels unterhielt, überall gleichzeitig zu sein schien, verschwand und an anderer Stelle wieder auftauchte. Der Herr bemerkte anscheinend, dass ich ihn beobachtete. Er ging auf mich zu, fragte, ob er sich dazu setzen dürfe und nahm Platz. Dabei bestellte er für uns beide mit zwei schnellen Gesten etwas zu trinken.
Er stellte sich vor: „Ich bin der Inhaber dieses Hotels. Sie schauen so interessiert – kann ich Ihnen helfen?“ Ich erwiderte: „Ich bin hier, weil ich die Ursachen des Erfolgs ergründen möchte. Genauer gesagt: die Wirkmechanismen hinter dem Erfolg von Menschen und Unternehmen verstehen lernen will. Ihr Haus scheint ein wunderbares Studienobjekt zu sein.“

„Das klingt interessant", sagte der Herr. „Wie sind Sie darauf gekommen? Gibt es eine Geschichte dazu?"

„Ich war viele Jahre lang ein Karriere-Manager, wie man so schön sagt: Ich erklomm brav die Karriereleiter in einem Unternehmen, bekam schon als junger Mann ein gutes Einkommen und ein tolles Auto, hatte einen schönen Titel, beschwerte mich öfter im vertrauten Kreis über meinen Chef, die Umstände, das Leben und war überzeugt, dass ich vieles (wenn nicht alles) besser könne, als die anderen da draußen – aber man ließ mich ja nicht so, wie ich konnte! Richtig glücklich war ich nicht, aber schlecht war es auch nicht, dachte ich. So ging das Leben seinen Gang, bis sich an einem Tag alles auf einen Schlag änderte.

„Was passierte Ihnen?", fragte der Herr.

„Mir ist es wie dem Affenfrosch ergangen. Dieser wird in einen Bottich mit heißem Wasser geworfen. Was passiert? Natürlich springt er sofort wieder hinaus, denn es ist ihm ja zu heiß. Dann wird das Tier in ein Gefäß mit lauwarmem Wasser gesetzt, und dieses nach und nach zum Kochen gebracht. Was passiert? Der Affenfrosch bemerkt die Hitze nicht, bleibt im Bottich sitzen und stirbt.
Genau das wäre mir auch passiert, wenn nicht mein ganzes Leben von einer Sekunde auf die andere auf den Kopf gestellt worden wäre, so stark und eruptiv wie ein Vulkanausbruch. Ich war plötzlich ohne Job, ohne schöne Visitenkarte, ohne Beziehungen, ohne Macht und Auskommen. Jemand hatte mir einen ziemlich harten Stoß gegeben, und dadurch stürzte ich aus meinem Bottich, in dem das Wasser immer heißer wurde."

Der Herr sah mich an und neigte dabei den Kopf. „Das kann ich verstehen. Tod, Arbeitslosigkeit, Streit schaffen so etwas. Nur eine Frage: Warum haben Sie so lange ausgehalten, wenn Sie keinen Spaß daran hatten?“

„Das ist recht einfach erklärt. So wie ich jahrelang an diesem Haus vorbeifuhr und das Naheliegende nicht sah, folgte ich immer weiter einem fremdbestimmten Trott und hinterfragte ihn nicht, weil ich eben auf diesen Weg gebracht worden war. Ich habe so weiter gemacht, Jahr ein, Jahr aus, ohne Unterlass. Ich tat vieles für andere, setzte mich voll ein für Dinge, die ich eigentlich ganz anders wollte, und wurde dafür zumindest gut bezahlt. Manchmal nannte ich das Ganze still und heimlich Prostitution. So wie bei den meisten anderen Menschen hatten mir meine Erziehung, die Familie, die Gesellschaft und der Wohlstand Fesseln angelegt und mich am persönlichen Wachstum gehindert. Erst als ich aus dem Bottich gestoßen wurde, konnte ich mein Leben verändern.“

Während der Inhaber des Hotels sich etwas Wasser einschenkte, sagte er zu mir: „Und wie ging es dann weiter? Was passierte dann?“

„Dann begann mein Hirn fieberhaft, um einen Neuanfang zu ringen. So wie bisher wollte ich nicht weiterarbeiten. Ich wollte zukünftig wirklich erfolgreich sein. Ich hatte mich entschlossen, die wahren Gründe des Erfolgs zu erforschen. Deswegen bin ich hier. Darf ich Sie dazu etwas fragen?“

Der Herr nickte und lehnte sich entspannt zurück.
„Was ist für Sie Erfolg und wie kam er zu Ihnen?“

Der Herr begann zu sprechen.

Er erzählte mir seine Erfolgsgeschichte. Wie er zu seinem Erfolg gekommen war, wie er Menschen bewegte, welche Methoden und Herangehensweisen er entdeckt hatte. Er berichtete von seinen Fehlern und dem Umgang damit. Wie er lernte, die Klaviatur der Unternehmensführung zu spielen. Ich hörte zu und hörte zu. Ich war fasziniert, freute mich für ihn. War dankbar, dass er sein Wissen mit mir teilte.

Irgendetwas vermisste ich aber an der Geschichte. Irgendetwas fehlte mir für mich dabei. Langsam begann ich zu verstehen, es war seine Geschichte, sein Erfolgsrezept, sein Leben, nicht meines.

In den darauf folgenden Jahren setzte ich meine Suche fort und begann viel über die offensichtlich erfolgreichen Menschen zu lesen und zu lernen, mit ihnen zu sprechen. Reiste in der Welt umher. War in Asien, Australien, Nord- und Südamerika unterwegs, hörte zu, stellte Fragen.
Jeder der Erfolgreichen erzählte mir seinen Weg, seine Art und Weise Dinge zu tun, anzunehmen, erzählte mir von Visionen, von Fertigkeiten, Konzentration, Disziplin und Liebe zum Detail. Jeder für sich war der Meinung, er hätte den Stein des Weisen gefunden. Aber es ergab kein Muster. Der eine schwärmte von Macht, der andere von Vertrauen. Einige legten Wert auf ihre Mitarbeiter, andere überhaupt nicht und waren trotzdem wirtschaftlich erfolgreich. Einige waren hart im Umgang mit sich selbst und anderen, andere nicht. Einige wussten immer schon, was sie werden wollten, wohin es gehen sollte, andere nicht, sie lernten erst durch die Lebensreise.

Einige lernten den Erfolg über Nacht kennen, andere brauchten ein Leben stetigen Lernens und Schaffens. Manche waren erfolgreich und glücklich, andere nicht. Ich versuchte, ein System zu erkennen im Schemenhaften und Unbekannten. Es war klar, es gab einige wesentliche Gesetze, die jeder, der erfolgreich werden und es lange bleiben wollte, berücksichtigen musste.
Bald dachte ich, ich hätte jetzt die wahren Erfolgsgeheimnisse gefunden. Es lief alles glatt, aber es war wie in einem fremden Film, unwirklich. Ich hatte von den Meistern gelernt, wie Unternehmen wirtschaftlich erfolgreich werden konnten, hatte gelernt, Menschen äußeren Erfolg zu bringen, ihnen zu helfen, auf den Erfolgsweg zu gehen. Irgendwie fühlte ich mich jedoch unwohl in meiner Haut, war rastlos und getrieben.
Was war also Erfolg, wirklicher Erfolg und Erfüllung im Leben? Ich wusste keine Antwort darauf.

Der rein äußerliche Erfolg war mir zu wenig. Ich arbeitete immer noch für andere, bewegte deren Traum und bediente deren Ängste. Ich hatte Menschen um mich herum, die ich nett fand, obwohl ich wusste, sie passten nicht zu mir. Ärgerte mich, wenn sie nicht so wollten, wie ich es erhoffte. Sagte aber nichts. Tolerierte, akzeptierte, auch das offensichtlich Falsche, um der Harmonie Willen. Ich war leidlich erfolgreich, hatte nie richtige Gelsorgen und freute mich so meines mittelmäßigen Lebens. Es hätte noch 100 Jahre so weiter gehen können, wenn da nicht jener Abend gewesen wäre.

Eines Abends beim Essen im Urlaub eröffnete mir meine Frau, dass unsere Beziehung nach vielen Jahren vorbei sei, von einer Sekunde auf die andere. Wir stritten nicht, wir beide wussten, dass es zu Ende war, in dem Moment als die bedeutungsvollen Worte ausgesprochen waren. Trotzdem duldeten wir, der Kinder wegen, noch ein paar Wochen der Unentschiedenheit und Unklarheit.

Wieder zu Hause angekommen, trafen mich die Trauer und der Verlust mit voller Wucht, als ich alleine in meinem alten Familienhaus stand. Für mich war mein Lebenstraum zerbrochen. Ich ging wie benommen im Wohnraum umher. Die Ohnmacht und Machtlosigkeit angesichts der Unabänderlichkeit der Situation, wurde mir bewusst. Erst nahm ich wahllos Dinge und schmiss sie gegen die Wand, dann packte mich die Wut noch fester. Ich nahm in blinder Raserei eine Axt und schlug wie wild alles im Zimmer zu Kleinholz. Auf dem Höhepunkt meines Gefühlsausbruches hieb ich mit aller Macht auf eine Wand ein. Einmal, zweimal, dreimal. Nach einer Kaskade machtvoller Schläge begann die alte Mauer zu bröckeln und gab schließlich nach. Erst flogen ein paar Stücke heraus, dann brach die Mauer in sich zusammen. Ich stand, nach Atem ringend, und nach der Raserei plötzlich innerlich leer, ganz erschöpft vor dem Loch. Als sich der Staub langsam senkte, sah ich etwas durch die Staubwolke glänzen.

Da war eine Schatulle. Sie hatte anscheinend über viele Jahrhunderte hinweg eingemauert in unserem Haupthaus gelegen, als hätte sie dort auf mich und meine Wut gewartet.

Es war schon recht spät am Abend, als ich mir den Inhalt vornahm.

Ich fand darin ein altes, in Schweinsleder gebundenes Buch mit einer Muschel auf dem Einband. In gespannter Neugierde schenkte ich mir ein Glas Rotwein ein und betrachtete das halb zerfallene Buch. Der Verfasser trug den Namen, den ich schon einmal in alten Unterlagen meines Vaters gelesen hatte. Es musste sich um das Buch eines meiner Vorfahren handeln. Als ich das Buch aufschlug, stand in alten vergilbten und schwer leserlichen Lettern geschrieben:

Eine Reise ans Ende der Welt –
Die Geschichte des SAL - ex ANDER
anno domini MVI

Ich lehnte mich zurück und begann zu lesen.

Aus dem Buch des SAL:
11. Jahrhundert.

Von weitem sah er schon die nahenden Berge. Sie markierten den Übergang vom Frankenreich nach Spanien. Hoch ragten sie in den blauen Himmel auf. Es war ein milder Spätsommertag.
Mit großen, federnden Schritten ging er auf die kleine Stadt am Fuße der Pyrenäen zu. Sein Name war Sal. Er war ein Mann mittleren Alters, schlank und energiegeladen, mit blitzenden Augen. Seinen Kopf hatte er kurz scheren lassen, um sich von Läusen zu befreien, die er in einer dreckigen Herberge aufgelesen hatte. Sal trug einfache Lederstiefel, lange Hosen mit einem groben, selbst gefertigten Gürtel, aber einer reich verzierten Spange und ein enges

wollenes Hemd. Ein weiter Umhang schützte ihn vor Wind, ein Stock und eine Kürbisflasche sowie ein Beutel, der ihm quer über die Brust hing, wiesen ihn als Pilger aus. Als weiteres Zeichen der Pilgerschaft trug er eine Muschel.

Seit den schicksalhaften Ereignissen in seinem kleinen Heimatdorf waren erst ein paar Wochen vergangen. Und während er seinem Ziel entgegen ging, verfiel er in eine Art Bewegungsmeditation und begann, an die Ereignisse am Ende des letzten Winters zu denken.

Die Heimkehr

Der Weg war durch den langen Regen aufgeweicht und matschig, als Sal von seinem Tagwerk in der Stadt nach Hause ging. Es war nicht mehr weit. Nachdem er gut eine Stunde durch die verschlungenen Pfade im Wald gelaufen war, kam er auf die Lichtung vor der Anhöhe, die ihm den ersten Blick auf sein Dorf freigab, wie immer. Er ging den Weg jeden Tag, am Morgen knapp zwei Stunden und am Abend wieder zwei Stunden zurück. Im Winter wie im Sommer.
Die Geschäfte liefen gut. Er war wohlhabend geworden, was man seiner Kleidung und seinem Bauch ansehen konnte. Seine Familie und die umliegenden Dörfler fertigten Lederwaren, die er als Händler in der Stadt verkaufte. Gerade in den letzten Jahren hatte sich der Handel aus dem Norden gut gemacht. Er war mit sich und der Welt zufrieden, als er aus dem Wald trat.

Ein stechender Geruch stieg in seine Nase,und er wusste sofort: Feuer. Verbranntes Holz. Eine hohe Rauchsäule stand sichtbar über seinem kleinen Dorf. Majestätisch schön stand das rauchvermischte Feuer, fast ebenso hoch wie der Kirchturm, in der Windstille. Er hielt kurz inne.

Als er näher kam wurde ihm ganz bang ums Herz. Stand der Rauch doch dort, wo er sein Haus vermutete. Er begann erst langsam und dann immer schneller zu laufen. Als er ankam, sah er Menschen, im Versuch den Brand zu löschen, hin und her rennen. Einige bemühten sich, die Flammen zu ersticken, andere standen nur da und glotzten in die brennenden Grundmauern. Es war nichts mehr zu retten. Das Haus musste bereits seit Stunden gebrannt haben. Es war in sich zusammengestürzt. Es hatte einst aus zwei Stockwerken bestanden und war sein ganzer Stolz gewesen. Er hatte es mit eigenen Händen und der Hilfe seiner Nachbarn gebaut. Jedes Jahr hatte er weitere Zimmer und Anbauten hinzugefügt, bis so das größte Anwesen im Dorf entstanden war.

Als er Tags zuvor aufgebrochen war, war noch alles in Ordnung gewesen. Seine Augen suchten wie irr nach seiner Frau und seinen drei Kindern, doch er konnte sie nicht entdecken.

Er lief von einem zu anderen, fragte nach seiner Familie, erntete Kopfschütteln und sah, wie Menschen sich von ihm abwandten. Dann fand er seinen Knecht und die Magd. Beide zuckten hilflos mit den Schultern und deuteten nur auf das Feuer. Da verstand er, und eine eisige Pranke griff nach seinem Herzen. Plötzlich war alles still um ihn herum.

Es drehte ihn. Er konnte die Menschen sehen, aber sie waren weit entfernt. Wie durch Zauber von ihm getrennt. Eine Hand griff nach ihm und zog ihn zu sich heran, es war der Freund, der Pferdeflüsterer, der ihn umarmte. Er sah ihn an, und sagte: „Das Feuer ist unten ausgebrochen, und das ganze Haus ist in einem Satz zusammengestürzt, als wäre es nichts. Sie waren gleich tot, alle".

Hiermit endete für mich die Geschichte, da ich wegen der verklebten Seiten nicht weiter lesen konnte. Seine Familie musste also bei dem Brand umgekommen sein, er musste alles verloren haben. Schrecklich, unfassbar – und fast wie bei mir, nur viel dramatischer, endgültiger, sagte ich mir und blätterte weiter in dem alten Buch, bis ich wieder etwas entziffern konnte.

Aus dem Buch des SAL:
11. Jahrhundert.

Der Aufbruch

Es war bereits dunkel geworden. Der Wind blies ums Haus und ließ die Fensterläden schlagen. Es war immer noch bitterkalt, zu kalt für die Jahreszeit.
Sie saßen zusammen bei einem Glas dunklen Bieres. Seit Wochen fror es Tag und Nacht. Die Heizvorräte gingen mancherorts bereits zu Ende, und die Menschen konnten den Frühling gar nicht schnell genug herbeisehnen. Im Haus des Pferdeflüsterers war es warm und gemütlich.

Als sie am Tisch in der kleinen Stube zusammen saßen, sagte Sal zu seinem Freund:" Weißt du, seitdem sie alle gestorben sind, ist irgendetwas in mir auch gestorben, unwiderruflich. Ich sitze manchmal Nacht für Nacht und schaue in die Dunkelheit hinaus. Stelle mir vor, wie es einmal war, höre die fröhlichen Stimmen meiner Familie, während ich oben in meinem Kontor die Schreibarbeit erledige. Höre die Kinder zanken und rieche den Duft des Essens und freue mich auf den Moment, an dem ich zum Mahl gerufen werde. Und dann irgendwann wird mir bewusst, dass diese Tage nie zurückkommen werden, dass sie unwiderruflich vorbei sind. Ich habe in den vergangenen Wochen und Monaten mich und andere oft gefragt, wie es weiter gehen soll."

„Und was haben die Leute dir geraten?", fragte der Pferdeflüsterer mit einem milden Lächeln.

„Oh", antworte Sal, „sie haben mir viel geraten. Meist wollten sie, dass ich ihre Töchter, Nichten oder Schwestern heiraten sollte, andere haben mir geraten, einfach noch mehr zu arbeiten und die Zeit die Dinge regeln zu lassen. Ich würde mich schon wieder im Leben einfinden. Es würde vorbei gehen."

„Und hat dir das gefallen?", fragte der Pferdeflüsterer.

Sal blickte ihn an, senkte den Blick und sah nach innen. Dann schüttelte er den Kopf. „Erst fand ich die Ratschläge in Ordnung, aber dann wurde mir bewusst, dass ich so nicht weitermachen konnte."

„Warum nicht?"
„Weil mich hier alles, jede Ecke, jeder Mensch, einfach alles an mein altes vergangenes Leben erinnert."

„Und was willst du jetzt tun?"

„Am liebsten würde ich alles verkaufen und mich auf eine Reise begeben."

„Auf welche Reise?"

„Ich möchte ans Ende der Welt reisen, dorthin, wo die Sonne untergeht. Nach Spanien. So habe ich es in einem Bericht eines Wanderers gelesen."

„Was versprichst du dir davon?"

„Ich möchte wissen, ob es stimmt, was die Menschen sagen, dass da am äußersten Rand irgendwo die Welt und das Leben zu Ende gehen. Ich möchte wissen, wo meine Familie hingegangen ist, und ob ich sie je wieder sehen kann, irgendwann.

Weißt du, ich habe nichts mehr, was mich hier hält. So tot, wie ich mich fühle, so frei bin ich.
Und jetzt möchte ich wissen, welche Grenzen es für mich im Leben gibt. Ich habe immer meine Verpflichtungen erfüllt, meine Verantwortung ernst genommen, oft zu ernst. Habe

versucht, redlich zu handeln und mit welchem Erfolg? Es ist mir alles genommen worden."

Der Pferdeflüsterer sah ihn lange an, und während er seine alte Pfeife mit Tabak füllte, begann er zu sprechen.
„Als ich so alt war wie du, bin ich diesen Weg auch einmal gegangen, aus anderem, aber ähnlichem Grund. Ich war zwei Jahre unterwegs. Viel ist für mich dabei geschehen. Mein ganzes weiteres Leben ist bis heute daraufhin mit Glück und Freude erfüllt worden." Als er fortfuhr, begannen seine Augen zu leuchten:
"Vielleicht ist es für dich eine gute Idee, den Weg jetzt zu gehen. Ich würde dich gerne begleiten, aber ich bin zu alt, und mein Körper kann die Strapazen einer solchen Reise nicht länger als ein paar Tage aushalten. Der Weg wird dich zu dir selbst führen und darüber hinaus. Du wirst sehen. Und ich werde bei dir sein."

Mit diesen Worten erhob er sich und ging hinüber zu einem Eichenschrank, öffnete die obere Türe und kam mit einer eisernen Schatulle zurück. Er stellte sie vor sich auf den Tisch. Dann nahm er einen Schlüssel und öffnete die Schatulle, die mit einem alten Muster, das Sal nicht erkennen konnte, versehen war.
Als der Deckel ganz zur Seite klappte, kam ein Buch in einem Ledereinband zum Vorschein. Auf dem Einband war eine, in das Leder geprägte, Muschel zu sehen.

Der Pferdeflüsterer nahm das Buch vorsichtig mit beiden Händen heraus und legte es auf den Tisch.

Sal sah erst das Buch und dann den Pferdeflüsterer gespannt an.

Die Kerze auf dem Tisch flackerte. Ansonsten war es still im Haus. Nach einer Weile blickte der Pferdeflüsterer Sal offen und direkt in die Augen und sprach: „Ich möchte dir etwas mitgeben, es ist dieses Buch. Es soll dich auf deiner Wanderung ans Ende der Welt begleiten, und mit seiner Hilfe werde ich mit dir sprechen. Du musst nur eines beachten: Öffne es nur, wenn du es wirklich brauchst."

„Aber wie soll ich wissen, wann der rechte Zeitpunkt gekommen ist?", fragte ihn Sal.

„Du wirst das Bedürfnis zur rechten Zeit verspüren und dann werde ich da sein. Du musst nur dem Buch folgen. Willst du mir das versprechen?"

Sal versprach es. Er nahm das Buch und öffnete es. Es stand nichts darin, es war leer. Kein Buchstabe, nichts. Sal sah den Pferdeflüsterer fragend an. Dieser lächelte nur und nickte aufmunternd.

Einige Stunden später umarmten sich die beiden Männer vor dem Haus des Pferdeflüsterers und sagten sich Lebewohl.

Sal sagte: „Danke für alles, bis bald mein Freund."

Der Pferdeflüsterer sah ihn nachdenklich an und meinte

zum Abschied: „Wir werden uns wieder sehen, aber anders als du heute denkst!"

In den nächsten zwei Tagen regelte Sal seine Angelegenheiten, verkaufte, was er verkaufen konnte, verschenkte, was er nicht benötigte.

Dann, drei weitere Tage später, machte er sich auf seine Wanderung ans Ende der Welt. Er verließ sein Dorf im Morgengrauen, ohne sich von all den anderen zu verabschieden. Nur einige wenige wussten Bescheid.

Mein Weinglas war inzwischen leer, draußen war es bereits stockdunkel. Wie magisch verbunden fühlte ich mich mit dem Menschen Sal aus dem 11. Jahrhundert. So nahe, als wäre er mein alter Freund, oder ein Teil von mir, als wären wir eins. Über die Jahrhunderte hinweg reichten wir uns die Hand.
Die ganze Nacht hindurch konnte ich nur schwer ein Auge zutun. In mir arbeitete es. Unsere beiden Lebensgeschichten gingen mir im Kopf herum. Und am nächsten Morgen hatte ich meinen Entschluss gefasst. Ich regelte meine Angelegenheiten - mehr schlecht als recht und voller Hast - lud aus dem Internet ein paar Handlungsanweisungen und Routenpläne herunter, kaufte mir ein Flugticket nach Bordeaux und einen Schnellzugplatz nach Bayonne für den kommenden Freitag.

Trotz meiner Entscheidung führte ich immer noch einen inneren Dialog: Wie passend, ich nahm mir einfach frei, obwohl ich doch keine Zeit hatte, meine Mitarbeiter, meine Kunden, was sollten die sagen, und dann noch die private Situation. Nein, bring doch deine

Sachen hier erst in Ordnung, dann kannst du noch immer gehen, argumentierte ich mit meinem Gewissen und Verantwortungsgefühl. Und doch sagte eine Stimme in mir: Geh, geh jetzt, warte nicht, tue es gleich!

Und so befand ich mich dann, überraschend schnell, knapp drei Tage nach meinem Entschluss, den Weg zu gehen, ebenso wie mein Vorfahre Sal es nach drei Monaten gefahrvoller Wanderung getan hatte, am Fuße der Pyrenäen.
Im Flugzeug hatte ich mich noch kurz eingelesen und vorbereitet. Was hatte der Jakobsweg noch mal für Hintergründe? Um ehrlich zu sein, viel wusste ich nicht. Also begann ich mich im Schnellkurs zu informieren. Ich hatte ja auf der Reise ein paar Stunden Zeit:
Die Geschichte des Jakobsweges ist schon ein bisschen komisch, dachte ich mir. Wie konnte der Jakobskult überhaupt entstehen? Das Ganze klang nach christlicher Frömmigkeit, und das war so gar nicht mein Ding.
Schon die Anfänge sind nicht genau überliefert worden, und die eigentliche Missionstätigkeit des Jakobus in Spanien und Portugal, Grundlage allen weiteren Geschehens, ist ungewiss. Ich las in meinem Pocketführer weiter. Erst im 6. und 7. Jahrhundert berichtete ein Mönch in seiner Apostelgeschichte erstmals über die Missionstätigkeit des Jakobus und fand damit so gut wie keine Beachtung in der Öffentlichkeit! Als dann die Mauren in der Schlacht bei Guadalete in Spanien das kränkelnde Westgotenreich zerschmetterten und in den Jahren danach bis Frankreich vorstürmten, wurde die gesamte christliche Welt in ihren Grundfesten erschüttert und fürchtete sich vor der Übermacht der Mauren. Krisengipfel wurden abgehalten, und eine große Angst ging um. Erst Karl Martell konnte in der Schlacht bei Poitiers in

Frankreich die Mauren besiegen und ihren Vormarsch stoppen. Mit Karl dem Großen begann die Reconquista, die Wiedereroberung der von den Mauren besetzten Gebiete in Frankreich und Spanien. Eigentlich ein recht hoffnungsloses Unterfangen. Auf spanischem Boden hatten sich nur vereinzelt Christen in den gallizischen Bergen und Asturien (Keimzelle des heutigen Spaniens) gehalten. Insbesondere die Asturier standen im ständigen Abwehrkampf gegen die Mauren und suchten nach einer Identifikationsfigur.

Das Christentum stand also mit dem Rücken zur Wand. Also denkbar schlechte Voraussetzungen. Da wurde die Legende des Jakobus aufgegriffen, denn Karl der Große träumte davon eines Nachts schlecht oder gut, wie Sie wollen, und so entstand der Jakobskult. In diesem Traum erschien dem großen Karl der noch größere Jakobus, einer der renommiertesten Jünger Jesu. Jakobus flehte Karl an, sein Grab, das im Westen in Spanien läge, unbedingt von den Heiden zu befreien. Flugs wurde die nicht ganz belegte Apostelgeschichte bestätigt, und es machte die Geschichte die Runde, Karl der Große habe eine Vision gehabt. Aufgrund der Vision machte sich der fromme Karl ans Werk und kämpfte gegen die Mauren. Jakobus oder Santiago, wie er in Spanien und Portugal genannt wird, wurde zum Nationalpatron, zunächst Asturiens, und zur Identifikationsfigur für den christlichen Kampf. Die Verbindung mit Karl dem Großen sorgte nun auch für hohes Interesse bei den Deutschen und Franzosen und brachte viele bereitwillige Krieger und Pilger ins Land. Verstärkt wurde deren Bereitschaft noch durch großzügige Privilegien, die bei einer Heimkehr winkten, sowie das Versprechen auf Erlass aller Sünden, sollte man im Kampf gegen die Ungläubigen fallen.

Vor diesem Hintergrund entdeckte schließlich 824 nach Christus der Einsiedler Pelayo das Grab des Jakobus auf einer offenen Wiese. Mehrere Nächte hintereinander wiesen helle Lichter über dem Feld dem Einsiedler den Weg, der sogleich den Bischof der Stadt Iria, Theodimir, benachrichtigte. Theodimir begab sich so dann mit Gefolge auf das Feld, entdeckte ein Marmorgrab und erkannte es recht schnell als offizielles Grab des Jakobus an. Und weil dieses auf einem Feld mit einem Sternenhimmel darüber gefunden wurde (auf Spanisch: Compostela) und Jakobus auf Spanisch Santiago heißt, wurde der Ort Santiago de Compostela genannt. Der Mythos war geboren.

Schon in den Jahren nach der Grabentdeckung begann ein zunächst kleiner und dann immer größerer Strom nach Santiago zu pilgern. 951 nach Christus machte sich der Bischof von Le Puy auf den Weg dorthin und setzte so quasi das offizielle Startzeichen für eine beispiellose Massenwanderung und Verehrungswelle. Sehr schnell wurde im 13. Jahrhundert die Pilgerfahrt nach Santiago mit den Wallfahrten nach Rom und Jerusalem gleichgestellt. Auf dem Lateranskonzil wurde der körperliche Schutz des Pilgers unter Strafe der Exkommunion gestellt. All dies führte zu einem beispiellosen Anwachsen der Pilgerströme.

Bereits zwischen dem elften und dreizehnten Jahrhundert sollen mehr als 200000 Pilger in jedem Jahr auf dem Jakobsweg gezählt worden sein.

Nach einem größeren Einbruch der Pilgerzahlen zu Zeiten der Entstehung der Nationalstaaten und der Säkularisierung - die Infrastruktur brach damals teilweise durch die Kirchenenteignungen zusammen - nahmen die Zahlen erst nach der Wiederentdeckung des Grabes im Jahre 1876 und dann spätestens nach dem Ende des 2. Weltkriegs wieder zu. General Franco in Spanien hatte Jakob wieder zum Nationalpatron des Landes gemacht.

Was mir im Kopf blieb. Schnell mal nachgerechnet kam ich auf bisher 100 Millionen echte Pilger, 4 Millionen Santiago-Pilger pro Jahr, bei einem Umsatz von bis zu 1 Milliarde Euro jährlich. Es war eine weltweit bekannte Marke entstanden und das Ganze fußte auf mindestens 1200 Jahren Unternehmensgeschichte. Na das war doch was, eine richtige Erfolgsstory, dachte ich. Um als offizieller Pilger anerkannt zu werden, sollte ich mindestens die letzten 100 Kilometer nachweislich zu Fuß, oder aber die letzten 200 Kilometer mit dem Pferd oder dem Fahrrad zurückgelegt haben.
Ich hatte mich entschlossen, den Weg in St. Jean Pied de Port in Frankreich aufzunehmen, weil dort der Text meines Vorfahren Sal wieder begann - die Zeilen dazwischen mit seinem Reisebericht vom Heimatdorf bis dorthin waren nicht mehr zu entziffern gewesen.

Nachdem ich in St. Jean Pied de Port kurz vor den Pyrenäen aus dem Bus gestiegen war und mich mit meinen kümmerlichen Französischkenntnissen zum Pilgerbüro durchgefragt hatte, um dort den ersten Stempel zu empfangen, der meine Anwesenheit bestätigen sollte, verschwand ich auch ganz schnell wieder aus dem wunderschönen Städtchen. Ich musste raus, konnte die anderen Pilger, ihre Frömmigkeit und offen zur Schau getragene Zuversicht nicht ertragen.
Ich musste in Bewegung kommen, musste weg von ihnen, so schnell wie möglich. Die Anreise und die erstickende Nähe im Bus waren schon fast zu viel für mich gewesen, und so wanderte ich noch am ersten Tag auf einer kleinen gewundenen Straße die ersten

Kilometer des Jakobwegs leicht den Berg hinauf zu einer Herberge. In der ersten Nacht schlief ich am Fuße der ersten größeren Pyrenäen-Etappe von rund 27 km Länge. Mir wurde ein Bett in einem Raum mit fünf Frauen unterschiedlichsten Alters zugeteilt. Am Abend unterhielten sich alle auf Deutsch, Englisch und Französisch wild durcheinander. Jede erzählte ihre Geschichte, wie es ihr auf den Weg verschlagen hatte, woher sie kam, was sie bewegte und aufregte. Ich wollte nichts erzählen, hielt mich zurück, hörte mir die Geschichten ein bisschen an und suchte dann schnell das Weite.

Am Abend, als wir alle im Bett lagen, realisierte ich zum ersten Mal, dass nicht nur Männer schnarchen können, sondern auch Frauen. Rhythmisches, asynchrones Schnarchen trieb mich auf die Veranda, und so schlief ich zum ersten Mal, seit meiner Kindheit, wieder im Freien, aber das war auf alle Fälle besser als eng eingepfercht mit den Schnarchenden die Nacht zu verbringen. Ich breitete also meine Matte aus und legte mich in meinen Schlafsack. Ich ließ die Geschehnisse des Tages vor meinem inneren Auge passieren. Die Gastfreundlichkeit und Offenheit der Menschen hier wurde mir bewusst. Der Wein war sehr gut und abgesehen davon, dass alle für meinen Geschmack zu viel redeten und mir jeder gleich seine Leidensgeschichte erzählen wollte, fühlte ich mich schon irgendwie heimisch auf dem Weg.

Leicht beschwingt öffnete ich Sals Buch und fand zu meinem Erstaunen keine leeren Seiten vor, sondern einen Satz, der in schöner geschwungener Schrift geschrieben stand:

„Schreibe deine Wünsche auf, mache nicht halt, bevor du nicht mindestens 3 x 12 Wünsche notiert hast, schreibe alles

auf, was dir einfällt und sei es noch so belanglos oder noch so fremdartig und von anderen Menschen nicht gewünscht. Und vor allem, sammle alles, was dir einfällt, gleich ob gut oder schlecht, bewerte nicht! Lass geschehen, was dir an Gedanken kommt.“

Ich rieb mir verwundert die Augen. Eben stand da noch nichts geschrieben, und jetzt sprach das Buch mit mir. Die Worte hallten in mir nach. Wünsche, hm, was für Wünsche hatte ich denn? So leicht war das gar nicht. Nach einer Weile des Nachdenkens kamen, erst zaghaft und dann immer drängender, die Wünsche in mein Bewusstsein. Und so begann ich zu schreiben, im schwachen Licht meiner LED-Lampe, die ich mir an den Kopf geschnallt hatte. Nach 10 Minuten hatte ich gerade mal 16 Wünsche aufgeschrieben. Mir wollten zunächst keine weiteren einfallen. Mit Mühe und mit Ärger schrieb ich dann schlussendlich 36 Wünsche auf, auch wenn einige am Ende an den Haaren herbeigezogen waren.

Als ich mich nach einer weiteren Stunde endgültig niedergelegte, hatte ich alle Wünsche notiert und in meinem Rucksack verstaut. Ich schlief in jener Nacht gut und fest.

Am nächsten Morgen machte ich mich mit dem ersten Hahnenschrei auf zum Anstieg hinauf in die Pyrenäen. Für die meisten ein langer und beschwerlicher Weg. Ich hingegen hatte Spaß daran.
Ich war frei, durfte laufen, musste nichts tun. Ich musste und sollte gar nichts. Ich durfte, ich konnte, wenn ich wollte. Ich lief und genoss den Ausblick. Mein Blick wanderte umher. Einfache Blumen, Schmetterlinge, es gab so vieles, so vieles Einfache, was mir gefiel.

Knapp acht Stunden dauerte die Wanderung mit Pausen. Am Anfang war der Weg eine Freude, aber dann war ich aus alter Gewohnheit heraus so unvorsichtig gewesen, eine ältere Dame aus Kolumbien anzusprechen, die mir ab da nicht mehr von der Seite wich und ihre ganze Lebensgeschichte erzählte. Auf einen Schlag war die Stille und das Naturerlebnis in Hektik getaucht, und die Ruhe dahin. Unruhe kam in mir auf.

Während einer Mittagspause las ich weiter in Sals Buch. Er hatte eine Lösung für mich und sprach zu mir:

„Lass es geschehen, ärgere dich nicht, konzentriere dich auf dich und deine Gedanken."

So wanderte ich am Nachmittag weiter, setzte einen Fuß automatisch vor den anderen, und irgendwann war meine Begleiterin verschwunden. Ich hatte es nicht einmal bemerkt. Nach ein paar Stunden rauchte mir der Kopf vom vielen Nachdenken. Die Gedanken dachten sich einfach - gaben keine Ruhe. Und nach und nach versank ich in eine Art Trance. Wie ich den Berg hinaufkam, und auf der anderen Seite wieder hinab, bemerkte ich kaum. Seltsam beschwingt näherte ich mich einem ganz alten Kloster mit hohen dunklen Mauern aus dem 11. Jahrhundert.

Dort angekommen, setzte ich mich in der späten Nachmittagsonne in eine Bar, schräg gegenüber dem Kloster. Dabei zog ich meine Bergstiefel und die Socken aus, dehnte mich und bestellte mir, als der Kellner vorbei kam, einen Cafe con Leche.
Erschöpft, aber entspannter als am Morgen, saß ich so eine Weile herum und beobachtete die ankommenden Pilger. Dann öffnete

ich das Buch des Sal und fing an zu lesen, wobei ich sehr gespannt war, wie es weitergehen würde. Und was ich las, elektrisierte mich:

Aus dem Buch des SAL:
11. Jahrhundert.
Platz vor dem Kloster Roncevalles (anscheinend genau das Kloster, vor dem auch ich saß!)

Der Blick

Er saß am Boden vor der Schenke am Fuße der navarraschen Pyrenäen, als eine Gruppe Reiter mit Gefolge den Weg herabkam. Es war eine große Reisegruppe mit zwei Kutschen und mindestens achtzehn Soldaten, die schwer bewaffnet waren. Gekleidet waren sie in prächtige rote Waffenröcke mit reich bestickten Wappen. Sie schauten wachsam. Als sie näher kamen, konnte er fremdländische Stimmen hören. Auch einige Frauenstimmen waren in der Kutsche auszumachen. Ihre hellen Stimmen trugen weit.

Sie sprachen in einer Sprache, die er noch nie gehört hatte. Als sie auf seiner Höhe waren, hörte er sie scherzen und lachen.

Sie hielten neben der Schenke und befragten den Wirt. Der Gastwirt deutete in eine Richtung und wies ihnen anscheinend den Weg. Der erste Reiter schrie etwas laut zu einem Soldaten, der daraufhin ein Zeichen zur Weiterfahrt gab.

Gerade als sich der Wagen wieder in Bewegung setzte, hob sich einer der Vorhänge der Kutsche und gab den Blick auf die Mitreisenden frei. Es waren drei höchst unterschiedliche Frauen. Eine ältere schwere Matrone. Sie trug eine weiße Kappe, unter der graue Strähnen hervor lugten, sah freundlich aus und schwatzte laut. Neben ihr saß eine junge Frau mit roten Haaren und Sommersprossen in der Ecke des Wagens. Sie wandte sich ab. Ihr leicht verkniffener Mund und die verschränkten Armen zeugten von ihrer schlechten Laune. Die Rothaarige wollte sich offensichtlich nicht am Gespräch der alten Dame beteiligen. Dann wanderte Sals Blick zur dritten Frau in der Kutsche, und gerade als er sie ansah, hob sich ihr Blick und kristallblaue Augen blickten ihn direkt an. Sie war blond, hatte hohe Wangenknochen und einen schönen Mund. Sie war nicht wirklich eine Schönheit, nein mehr, sie war außergewöhnlich, einzigartig. Hoch aufgerichtet saß sie da.

Ihr Blick verweilte auf ihm, regungslos, abschätzend, eine kleine Ewigkeit, ohne die Miene zu verziehen. Taxierte ihn. Und dann, als ob sie in ihm einen Freund erkannte, begann sie zu lächeln. Der Moment weilte nur kurz.

Dann senkte sich der Vorhang wieder, und ihm war der Blick auf die Insassen verwehrt. Die Kutsche fuhr an und an ihm vorbei, und mit ihr verschwanden auch die Reiter.

Sal blieb sitzend zurück.

Er blickte den Reisenden nach. Nach einer guten Weile stand er auf und nahm seinen Weg in Richtung der nächsten

Übernachtungsmöglichkeit wieder auf. Dabei verschwanden die blauen Augen nicht aus seiner Erinnerung.

Als der Abend herein brach, begaben sich alle Reisenden in die große Herberge der nahen Templerburg. Es herrschte eine eigenartige Stimmung. Menschen eilten hastig auf und ab. Es wurde aufgeregt miteinander gesprochen, als Sal in die Burg eintrat. Kurz danach wurden die Tore geschlossen. Die Zinnen waren besetzt, und die Wachen aufgezogen.

Schnell machte unter den Reisenden die Botschaft die Runde, dass eine Pilgergruppe auf der nächsten Tagesreise Richtung Westen am helllichten Tag von Räubern angegriffen worden war. Zwei Reisende hatten den Tod gefunden, die anderen wurden ausgeraubt, waren aber mit dem Schrecken davon gekommen.
Die Oberen des Klosters, der Templer und des Reisetrosses setzten sich zu Beratungen zusammen. Nach einiger Zeit kamen sie zurück, sie hatten beschlossen, am nächsten Tag eine Strafexpedition zu unternehmen. An eine Weiterreise war nicht zu denken, erst musste der Weg wieder frei und sicher sein.

Nach einem frühen Abendessen begaben sich die Reisenden in den großen Schlafsaal. Männer und Frauen waren in einem großen Saal untergebracht, Strohmatte an Strohmatte. An den hohen Wänden brannten Fackeln. Es gab nur kleine Fenster, und die Sonne war vor langer Zeit untergegangen. Ohne die Fackeln hätte man nichts sehen können. Sal bekam von einem Mönch einen Strohsack zugewiesen. Er befand sich in der Nähe der fremden Reisegruppe, die er an der Schenke gesehen hatte. Er hatte sich eben auf sein Nachtlager gesetzt und begonnen, seine Habseligkeiten für die Nacht zu ordnen, als die Reisegruppe hereinkam. Zuerst kamen die drei Frauen mit einem älteren Mann. Dann der Rest des Gefolges. Sal aber hatte nur Augen für die Frau mit den kristallblauen Augen. Sie kam durch die Reihen direkt auf ihn zu, setzte sich auf das Lager neben seinem, lächelte ihn an und sagte etwas zu ihm, das er nicht verstand. Als sie merkte, dass er die Sprache nicht verstand, wechselte sie in eine andere und dann schließlich in seine. Sie fragte ihn, woher er käme und wohin er ginge.

„Ich gehe ans Ende der Welt", sagte Sal. „Warum?", fragte sie. Weil ich wissen will, ob die Welt dort wirklich zu Ende geht, wie alle sagen. Sie blickte ihn forschend an. „Und deswegen gehst du den langen gefährlichen Weg? Bist du alleine?" „Ja", sagte er, „ganz alleine!"
Sie sah ihn an und schüttelte den Kopf, ‚du bist verrückt' schienen ihre Augen zu sagen.

Sie begannen sich zu unterhalten, über ihre Länder, ihre Herkunft und ihre Träume, sie war eine dänische Edle, die auf dem Weg zum Grab des Heiligen Jakobus war, um den Apostel zu ehren. Sie war als Begleiterin eines Mitglieds der dänischen Königsfamilie unterwegs und sollte ihr auf der Reise Gesellschaft leisten. Es war die Rothaarige mit der schlechten Laune.

Ich klappte das Buch zu. Die Geschichte musste sich genau hier vor tausend Jahren abgespielt haben. Das Kloster stand immer noch. Die Mauern und die Zinnen schienen unverändert. Die Sonne war mittlerweile bereits hinter dem Berg verschwunden und so fröstelte ich ein wenig. Ich ging hinüber zur Herberge, wollte sehen, wo Sal genächtigt hatte. Nachdem ich meinen Pilgerausweis vorgezeigt hatte, wurde ich eingelassen und sicherte mir mein Bett im Schlafsaal. Nach dem Abendessen legte ich mich recht früh auf meine Matte nieder, um die Geschichte von Sal weiter zu lesen.

Aus dem Buch des SAL:
11. Jahrhundert.
Der Schlafsaal Kloster Roncevalles

Sie lagen Seite an Seite auf ihren Schlafmatten im Schlafsaal der alten Herberge. Es war bereits dunkel und kühl. Die Reisenden hatten sich mit ihren Decken bedeckt. Einige flüsterten noch, andere schliefen oder schnarchten schon. Von der Feuerstelle an der Wand kamen immer wieder knisternde Geräusche, manchmal explodierte ein Stück Holz, und ein Knacken war im Saal zu hören.

Das dänische Mädchen und Sal konnten die Nähe des anderen spüren. Es war aber zu dunkel, um mehr als vage Umrisse zu erkennen. Sal war müde und doch seltsam wach. Hier lag er lang ausgestreckt auf spanischem Boden neben einer Edlen auf einer Matte, die Arme weit auseinander gestreckt, wie gekreuzigt. Die alten Bilder stiegen in ihm auf, ein tiefer schwerer Seufzer löste sich aus seiner Brust.

Plötzlich berührten tastende Finger seine Hand, verweilten, begannen ihn sanft zu streicheln. Er drehte seinen Kopf in Richtung des Mädchens. In der Dunkelheit meinte er, ihre Augen zu erkennen, wie sie ihn anblickten, ihn scheu und zugleich offen musterten.

Er spürte die Wärme der Berührung, und er drückte die Hand. Ihre Hände begannen nach und nach, sich zu verschlingen, zu entziehen, um doch wieder sofort einander zu suchen.

Ihre Finger spielten mit den seinen. Ihm stockte der Atem, eher aus Furcht, sie könne ihre Hand wieder fortziehen, als aus Angst, entdeckt zu werden. Dann begann sie, als wäre es das Natürlichste auf der Welt, streichelnd seinen Arm hinauf zu wandern. Als sie oben angekommen war, strich sie zärtlich über seine Wange. Auch Sal folgte dem natürlichen Gang und drückte ihre Hand, einem Impuls folgend, erst an seine Wange und schließlich auf seinen Mund.

Bilder stiegen in ihm auf. Bilder seiner Frau, als er sie kennen lernte.
Plötzlich zog sie die Hand weg, stand auf, er erschrak. Einen Moment lang lag er da, ganz verdutzt. Doch ehe er es sich versah, rutschte etwas in jäher Bewegung auf ihn zu. Mit einem Ruck hatte sie ihre Schlafunterlage an seinen Strohsack heran geschoben. Dann legte sie sich wieder auf die Matte.

Nun lagen sie Schulter an Schulter und konnten sich nahe spüren. Er hörte ihren Atem leise, spürte ihre Nähe, ihre Wärme. Sie begannen sich wieder zu berühren, seine Hand wanderte zu ihrem Kopf und begann ihren Nacken zu streicheln, sie bog den Kopf nach hinten, ein kehliger Laut, da zog er ihren Kopf zu sich auf seine Brust, und als wäre es das Natürlichste auf der Welt, umarmten sie sich. Sie schmiegte sich an ihn, und so lagen sie da. Ihm war, als würde die Zeit stehen bleiben. Dann begannen seine Hände ihren Körper zu erkunden, folgten den Linien ihrer hohen Wangenknochen, wanderten den Hals entlang und verhielten dort. Nach einer Weile nahm sie seine Hand und drückte sie fest auf ihre Brust. Gleichzeitig begann sie, an seinem Ohr mit der Zunge zu spielen. Seine Hand wanderte durch die Öffnung in ihrem Nachthemd und umschloss die Brust, neckte die dunkle Erhöhung, bis sie sich hart und herrisch reckte.

Eine lange unterdrückte Sehnsucht brach sich ihren Bann. Er griff ihr ins Haar, zog ihren Kopf sanft zurück und küsste sie. Ihre Zungenspitzen berührten sich. Sie küssten sich sanft, dann immer heftiger, sie drängte sich ihm entgegen. Ihre Hände begannen ihr eigenes Spiel, sie versanken ineinander. Sie biss ihn in die Halsbeuge, ihre Hände fanden ihren Weg nach unten, öffneten seinen Gürtel und bald darauf lagen sie beide vollständig nackt unter seiner Decke. Sie erlebten ihre erste gemeinsame Nacht. Die Mitreisenden bemerkten nichts oder taten so als ob. Die Blicke einiger am nächsten Morgen ließen auf Letzteres schließen.

Ich schlug das Buch zu und verharrte. Hier in diesem Schlafsaal hatten sie sich geliebt. Ich hatte eine leise Ahnung, was in beiden passiert sein musste, wie sie empfunden haben mussten. Aber hatte ich diese Art von Leidenschaft und Zärtlichkeit jemals erlebt? Hatte ich jemals so empfunden? Ein Gefühl des Verlassenseins und der Einsamkeit stieg in mir auf.
Es war noch nicht sehr spät. Ich suchte Gesellschaft, und so ging ich in die Küche der Herberge und traf die junge Frau wieder, die sich mit mir nachmittags nach der Wanderung vor der Herberge unterhalten hatte. Wir waren schon vorher ein kurzes Stück gemeinsam den Berg hinauf gewandert. Ich hatte sie aber gar nicht so richtig bemerkt.
Wir begannen miteinander zusprechen. Als der Herbergsvater Stunden später zur Ruhe mahnte, gingen wir hinüber in den alten Schlafraum. Zu meiner Überraschung hatte das Mädchen das Bett neben mir. So lagen wir eine Weile Seite an Seite.

Ich weiß nicht, warum es geschah, jedenfalls zog auch uns etwas magisch zueinander hin. – In dieser Nacht durfte ich dieselben Momente und Freuden erleben wie mein Freund Sal.

Die nächsten vier Tage ging ich mit ihrer Gruppe. Zwar verabschiedete ich mich morgens, aber für den Abend galt das unausgesprochene Versprechen, sich wieder zu sehen. Wo und wann wurde nie gesagt. Und trotzdem fanden wir uns jeden Abend. Das Mädchen und ich suchten uns für die Nächte ein Hotel, denn wir wollten die anderen Pilger nicht verstören. Am nächsten Morgen trafen wir uns wieder mit ihrer Gruppe und wanderten weiter. Ich meist weit vorne weg, die anderen hinterher.

So vergingen die folgenden Tage wie im Traum. Dann war der Moment des Abschieds gekommen. Meine neue Freundin musste den Heimflug antreten. Sie hatte nur eine Woche Zeit eingeplant, musste zurück zu ihrer Arbeit und plante, im nächsten Jahr eine weitere Etappe auf dem Weg zu gehen. Für uns war es ein schwerer Abschied.

An diesem Abend, alleine auf meinem Bett in der Herberge liegend, schlug ich niedergeschlagen und traurig das Buch von Sal wieder auf.

Aus dem Buch des SAL:
11. Jahrhundert.

Die Stille

Sal fühlte sich unwohl. Schon den ganzen Morgen. Er war früh aufgebrochen. Alle anderen im Schlafsaal lagen noch in tiefem Schlaf, als er im Dunkeln seine Sachen packte und sich durch die langen Bettreihen seinen Weg nach draußen bahnte. Niemand bemerkte ihn. Nur einmal,

als er mit seinem Ranzen einen Schlafenden berührte, gab dieser schlaftrunken einige unverständliche Laute von sich. Dann stand er vor dem Tor der alterwürdigen Abtei und begab sich auf seinen Tagesweg. Es war kühl, nur der Mond gab etwas Licht. Der Weg war eben und gut begehbar im sanften Auf und Ab. So war er bis zum Sonnenaufgang schon weit gekommen. Anfangs ging es auf einer staubigen Straße durch die Felder, dann veränderte sich die Landschaft, und er wanderte meilenweit an einem ausgetrockneten Bach entlang. Der Weg war gerade breit genug für einen Mann und schlängelte sich am Ufer entlang.

Nach mehreren Stunden Wanderung wurden Sals Schritte langsamer und schwerer. Als er an einer Abtei vorbeikam, beschloss er, hineinzugehen und drinnen etwas zu rasten. Er setzte sich auf eine Holzbank. Die Wanderung in den einsamen Morgenstunden hatte ihn beruhigt, sein erhitztes Gemüt besänftigt. Ihn gleichsam verletztlich und offen gemacht. Seine Gedanken begannen wieder zu kreisen, woran er gestern und vorgestern und vorvorgestern, seit der Abreise der dänischen Gesandtschaft immer denken musste.
Sal vermisste das Mädchen und ihre Nähe. Die Zärtlichkeit und ihre Berührungen. Sie hatten sich nur zwei Nächte geliebt, dann war der Weg wieder frei von den Wegelagerern, und ihr Tross konnte weiter ziehen. Zu Pferd waren sie schneller als er. Obwohl ihnen nur wenig Zeit gemeinsam vergönnt gewesen war, hatte sie sein Herz berührt. Der Gedanke, sich an einen Menschen anzulehnen und nicht umzufallen, ja, sich vertrauensvoll fallen zu lassen, begann ihn zu überwältigen.

Ein Strudel öffnete sich vor ihm und begann, sich erst sanft und dann immer drängender und fordernder zu drehen, bis er, Gischt aufschäumend, den Blick auf den Grund freigab. Bis zu diesem Moment war ihm jedes Mal in all den Tagen vorher, dieser Blick verwehrt gewesen, aber jetzt begann, erst langsam und dann immer deutlicher, ein Bild Gestalt anzunehmen.

Sal sah, wie die schöne Dänin ihn verlassen hatte, wie sie sich auf dem Rücken des Pferdes zu ihm umgedreht und ihn lange angesehen hatte, konnte die Gefühle spüren, die dieser Moment in ihm noch immer wachrief. Dann wechselten die Bilder, erst schwankten sie hin und her, und dann sah er seine Frau und seine Kinder in den Flammen umkommen, spürte die Hitze auf der Haut, konnte den Geruch des verbrannten Fleisches riechen. Wieder trafen ihn die Gefühle mit voller Wucht, unvorbereitet, und nahmen ihm den Atem; und gerade als er den Schmerz nicht mehr aushalten konnte, sah er einen kleinen Jungen, alleine in einem großen Schlafsaal bitterlich weinen. Wieder wurden die Gefühle so stark, dass es ihn schüttelte. Er war einsam, er war der kleine Junge. Das Bild des Jungen veränderte sich und aus dem Jungen wurde ein Mann. Wurde er selbst. Und er war immer noch einsam. Gegen seinen Willen alleine gelassen. Er wollte nicht, und trotzdem war er jetzt wie damals alleine, einsam. Die Tränen begannen, seine Wangen hinunter zu laufen, erst vereinzelt, dann als stetiger Strom.

Wie lange er da in der Kirche gesessen hatte, wusste er nicht. Seine Tränen waren längst versiegt, nur seine Lippen schmeckten salzig. Er fühlte sich erschöpft und leer. Er konnte nichts mehr empfinden. Nichts mehr denken.

Und als er so da saß, begann eine Stimme zu ihm zu sprechen. Erst konnte er sie nicht verstehen. Dann wurde sie deutlicher und eindringlicher. Es war eine freundliche Stimme, die ihn begrüßte wie einen alten Freund.

„Wo warst du so lange?", fragte sie ihn. „Du hast lange nicht mehr mit mir gesprochen."
Die Stimme machte eine Pause, dann nach einer Weile fuhr sie fort:
„Ich habe dich vermisst. Viele Jahre hast du den anderen geglaubt, hast ihre Träume gelebt und dich nicht für mich interessiert."
Sal sah sich um und konnte in der Dunkelheit niemanden erkennen, als er antwortete:
„Alle hatten mir gesagt, dass dies nun mal das Leben sei, und man sich so verhalten müsse.
Ich hatte Angst davor, das zu tun, was ich kaum auszusprechen wagte.
Dann hatte ich Angst bekommen, etwas anderes zu tun, aus Furcht, meine Lieben und meine Güter zu verlieren. Dann hatte ich Angst, meine Träume zu leben, weil alle doch gesagt haben, dass Träume, die jenseits des Meeres enden, zum Scheitern verurteilt sind. Sie wären unmöglich, ja undenkbar".

„Und doch hast du alles verloren", sagte die Stimme.

„Ja, dann war alles weg, alles was ich versucht hatte, mit meinen Händen und meinem Verstand zu greifen, alles, wofür ich mich eingesetzt hatte, war plötzlich entschwunden, von einem Moment auf den anderen. Ich habe bis zur Erschöpfung dafür gekämpft, konnte es aber nicht halten.

„Und was sagt dir das?“, fragte die Stimme.

„Dass ich nichts kann, dass ich Fehler gemacht habe, dass ich anscheinend unfähig bin“, antwortete Sal.
„Das sagt es dir nicht“, widersprach die Stimme. „Aber es zeigt dir wohl, dass du nicht alles festhalten kannst. So sehr du dich bemühst, du wirst nicht alles kontrollieren können. Einen Vogel kann man genauso wenig festhalten wie das schöne Wetter, das Glück oder einen Menschen. Alles verändert sich.“

Sal sah auf: „Aber ich bin so unendlich alleine, wie damals als Kind.“

„Weil du dich an anderen orientierst und festhältst, wo du doch dir selbst vertrauen solltest.“

Sal hob den Kopf, als er erwiderte: „Du meinst, ich soll mich mir selbst anvertrauen?“

„Ja, warum nicht, jetzt wo du gemerkt hast, dass der gewöhnliche Weg, den dir alle vorgeschlagen haben, zu nichts führt, kannst du es genauso gut andersherum probieren.

Du könntest dich dir selbst anvertrauen oder etwas in dir, das manche als „innere Führung" bezeichnen. Du könntest auch einmal auf mich hören und etwas Verrücktes unternehmen, irgendetwas, wonach dir der Sinn steht, was nicht üblich ist. Denk drüber nach!" Mit diesen Worten verschwand die Stimme und ließ Sal nachdenklich zurück.

Nach einer Weile stand er auf, verließ grübelnd die Kirche und begab sich auf den Weg hin zu seinem Tagesziel. Für den Rest des Tages sprach Sal mit niemandem mehr.

Ich blickte vom Buch auf und war sprachlos. Die Erlebnisse von Sal waren genauso meine Erlebnisse und lösten die gleichen Empfindungen in mir aus. Als diese Stimme mit ihm sprach, sprach sie auch mit mir. Unwirklich, wirklich. Das Gelesene, nein, das Erlebte wirkte nach. Ich zitterte. Von irgendwoher ertönte eine Posaune, dazu fremdartiger Gesang, mein Geist entspannte, meine Seele flog dahin, so weit die Posaune trug. Ich fiel in einen unruhigen Schlaf.

Träume schossen mir durch den Kopf. Bilder, Menschen, Gedanken, schreckliche Gedanken. Irgendetwas Mächtiges durchdrang mich, ich hätte einen Menschen in meiner Nähe benötigt, aber es war keiner da. Ich war alleine. Ich konnte nicht greifen was passierte. Es war, als ob ganz alte Seelen um mich herum waren, an mich heran traten, mich beobachteten. Es ging mir nicht gut. Ich hatte Angst. Ich war alleine, empfand wie Sal in der Kirche. Fühlte den Verlust, die Einsamkeit, war nahe am Verzweifeln.

Da erschien mir Sals Pferdeflüsterer im Traum und sagte:
„Ich kann dich bis hierher spüren, ich bin dir ganz nah. Der alte Mythos. Du siehst gerade deinem Drachen in die Augen, er wird jetzt schon einen Teil der Macht verlieren. Schreib deine Träume auf. Alles was du loswerden willst, musst du erst in beide Hände nehmen und genau anschauen, dann ist das Loslassen ein Annehmen und Einordnen, dann ist es deine Heldenreise.„

Als ich ihm von meiner Angst zu erzählen begann, sagte er nochmals:
„Schreib alles auf! Stell dich deiner Angst, rede mit ihr, ich bin bei dir. Hol dein Schwert und leg zumindest schon einmal die Hand auf den Knauf. Schau dir diese Angst und Einsamkeit an. Genieße sie. Lebe sie einmal richtig aus. Bade in ihr. Alles wird gut. Geh da durch. Wenn du die Angst kennst, kannst du dein neues Leben aufbauen, voller Genuss und göttlicher Energie. Schieb sie nicht weg. Stell dich, spüre, wie sie sich anfühlt. Willst du das tun?", fragte er.

Ich nickte.
Der Pferdeflüsterer lächelte aufmunternd und sprach:
„Ich werde dir in den nächsten Wochen von Zeit zu Zeit Grenzaufgaben schicken. Das sind Aufgaben, die dich über dein bisheriges Sein hinaus tragen, hin zu etwas Größerem. Du wirst Angst davor haben, den Schritt zu tun, aber Glück und Stolz empfinden, wenn du ihn gegangen bist. Die Grenzaufgabe für heute: lebe das Gefühl, das da in dir hoch kommt, mit aller Macht, spüre die Wellen, die dir Angst machen, begegne dir, da ist etwas in dir, was mit dir sprechen möchte, weiche nicht zurück, wie sonst üblich. Sondern bleibe zunächst an der Grenze und dann wirst Du da hindurch müssen, um frei werden zu können.
Ich bin bei dir, keine Angst, Gott beschütze dich! Und jetzt geh los, der Tag wird schön. Wir sehen uns!"

Am nächsten Morgen erwachte ich zeitig und begab mich auf meine ganz eigene Entdeckungsreise, parallel zu der des Sal. Der Tag war nicht schön, es war sehr heiß, staubig und trocken. Ich durchlebte mein Leben, die Höhen und Tiefen. Blieb meist bei den Tiefen hängen. Potenzierte sie zu mächtigen Wellenkämmen, die machtvoll über mir zusammenbrachen.

Ich musste weinen und hasste mich dafür, und doch begann ich, es als befreiend, ja als schön zu empfinden, komisch.

Einige Tage später.
Ich ging denselben Weg wie mein Freund Sal, und heute morgen hatte ich wieder dieselbe Aufgabe in Sals Buch vorgefunden, wie schon am Anfang der Reise. Ich sollte wieder die 3 x 12 Wünsche niederschreiben. Ich hatte die Aufgabe rasch erfüllt, die Wünsche waren dieses Mal leichter aus mir heraus geströmt, als beim ersten Mal. Als die Liste fertig war, verglich ich sie mit meiner ersten, und zu meiner Überraschung waren nur noch zwei Wünsche von der ersten übrig geblieben, alle anderen waren neu. Wohin waren die alten gegangen? Woher waren die neuen nur gekommen? Verwundert rieb ich meine Stirn.

In den nächsten Tagen bekam ich von Sals Pferdeflüsterer nach und nach weitere Fragen. Und immer, wenn ich mit einer fertig war, erhielt ich die nächste.

Was verstehst du unter Liebe?
Was verstehst du unter Glück?
Was lässt dich am Ende eines Tages zufrieden zurück blicken?
fragte er mich in seiner direkten Art.

Mit diesen Fragen im Kopf machte ich mich auf die Tagesetappen. Ich dachte nach, notierte, grübelte. Begann Gedanken zu sortieren, zu verwerfen, neu zu finden und freute mich, wenn ich wieder einen Eckpfeiler meiner eigenen Welt benennen konnte.

Eine weite karge Hochebene lag nun vor mir, so weit das Auge reichte. Die nächsten vier Tagesetappen sollten aus nichts anderem außer sandiger Ebene und Steinen bestehen. Ab und zu kam ich durch einsame Dörfer, die fast wie ausgestorben wirkten. Die Sonne brannte heiß vom Himmel. Die Luft stand praktisch still, selbst die Schmetterlinge und das andere Getier ließen sich nicht blicken. Monoton setzte ich einen Schritt vor den anderen. Brütete, dachte nach und hörte auf, nachzudenken. Folgte einfach immer dem Weg. Als ich am Ende einer Etappe in einer großen Stadt eintraf, spürte ich, eben noch gesund und munter, von einer Sekunde auf die andere einen stechenden Schmerz in beiden Fersen. Die Achillessehnen. Ich quälte mich zu einem nahe gelegenen Hotel. An ein Weiterlaufen sei nicht zu denken, sagte der Arzt, den ich im Hotel konsultierte. Er gab mir Medikamente und meinte noch im Gehen, in der ganzheitlichen Medizin stünde dieser Schmerz für einen Sprung hin zu einer höheren Leichtigkeit im Geiste. Damit verabschiedete er sich und ließ mich kopfschüttelnd zurück. War mein Spanisch wirklich so schlecht? So ein Schwachsinn, dachte ich.
Da ich für den notwendigen Anruf beim Arzt zum ersten Mal auf meiner Reise das Mobiltelefon eingeschaltet hatte, gingen nun einige Kurznachrichten ein, die während der letzten Wochen aufgelaufen waren. Schlechte Nachrichten. Sehr schlechte. Auch das noch. Hätte ich das Telefon doch nur ausgelassen!

Einige Geschäftskollegen hatten anscheinend gleich am Tag nach meiner Abreise, in einem heimtückischen Manöver, eine Gesellschafterversammlung einberufen und mich kurzerhand aus einer meiner eigenen Firmen hinausgeworfen, ohne auch nur den Versuch zu unternehmen, zuvor mit mir zu sprechen. Dabei hatten mich zwei vermeintliche Freunde verraten, sie waren nicht aufgestanden, um für mich ein zu stehen, mich zumindest zu hören, als es galt, Aufrichtigkeit zu beweisen. Zeitgleich hatte mein Hauptkunde in Asien seinen Geschäftsführer entlassen, und der neue Geschäftsführer wollte meinen Vertrag nicht mehr anerkennen. Er hatte bereits die monatlichen Überweisungen gestoppt. Mein Untermieter, ein alter Freund, hatte aus unergründlichen Beweggründen und Motiven zum ersten Mal nach vier Jahren die Miete nicht mehr bezahlt.

Meine Frau war unterwegs mit einem anderen. Und das alles zeitgleich. Welch eine verrückte Situation!

Meine Sekretärin hatte mich gebeten, so schnell wie möglich zurück zu kommen.

Ich dachte nach, was dies für mich bedeutete, was ich wollte. Viel wusste ich nicht, nur das eine: zurück sollte es nicht mehr gehen. Ich starrte auf dem Bett liegend in die Dunkelheit und sinnierte über den Sinn des Lebens. Offensichtlich gab es keinen.

Irgendwann in der Nacht ging mir ein Licht auf. Hier verpasste mir jemand einen gewaltigen Tritt. Einen ganz gehörigen sogar, weil ich es sonst nicht bemerken würde. Wozu nur?

Ich hatte keine Lust mehr, mich herumschubsen zu lassen, bloß weil es irgendjemandem so einfiel. Nur weil die Welt es angeblich so forderte. Ich wollte da nicht mehr mitmachen.

Ich nahm meine ganze Kraft zusammen, zog in Gedanken das Schwert, eben jenes Schwert, das der Jakobus als Maurentöter immer dabei hatte, und nabelte mich mit einem mächtigen Hieb von meiner alten Welt ab. Ich schloss mit den Geschäften und dem Leben davor ab, ließ los. Sollten die doch machen, was sie wollten. Mit der Vergangenheit wollte ich nichts mehr zu tun haben. Nur die Gegenwart zählt, dachte ich. Ich schrieb eine Vollmacht auf dem Hotelpapier aus, in dem ich einem Kollegen die Rechte gab, meine Dinge zu regeln, wie er es für richtig hielt, die Folgen waren mir egal. Nachdem ich das Schreiben gefaxt hatte, schlief ich ein. Tief und fest, traumlos.

Am nächsten Morgen wachte ich auf. Vorsichtig öffnete ich die Augen und hörte in mich hinein. Ich spürte nichts. Ja, ich hatte keine Schmerzen in den Füßen mehr. Langsam setzte ich mich auf, bewegte die Beine, stand zögernd auf und siehe da, ich konnte wieder laufen, einfach so. Der gestrige Abend und die Neuigkeiten aus der Heimat waren nur noch entfernt zu spüren. So setzte ich meinen Wanderweg fort, als wäre nichts geschehen.
An diesem Tage konnte ich zum ersten Mal ein Gefühl von echter Freiheit und Gelassenheit erahnen.

Während der Tagesetappe wurden tief verdrängte, alte Erinnerungen in mir wach. Solange hatte ich versucht, nicht daran zu denken, sie nicht hochkommen zu lassen, sie in einem Winkel meines Gehirns wegzusperren. Die Gedanken hatten ihre hemmende, blockierende Kraft entwickelt, mich blind gemacht, mich davon abgehalten, meinen Wünschen, meiner Vorstellung von Liebe und Glück, meinem eigenen Lebenskonzept zu folgen. Warum nur? Irgendwie kam es mir wie das Gleichnis des Weges vor. Mit jedem Schritt, seit der Abreise, bewegte ich mich weiter an den Rand meiner alten Landkarte und begann, die Grenzen zu erweitern, ja aufzuheben. Mein altes ICH liebte es nicht, herausgefordert zu werden und antwortete mit Angst und Wut, wollte mich aufhalten.

Dank Sal hatte ich meine Wünsche, mein Verständnis von Glück und Lebenserfolg aufgeschrieben, um dann feststellen zu müssen, dass ich mein Leben lang daran vorbei gelebt hatte. Voll und ganz. Und wer war schuld? Nach so vielen Kilometern Wanderung war mir klar geworden: Ich selbst war schuld, wer sonst, das war das Niederschmetternde. So musste es Sal auch erlebt haben, deswegen hatte er in der Kirche geweint.
Sollte ich überhaupt von Schuld sprechen? Der Pferdeflüsterer hatte mir einmal gesagt, es sei nicht Schuld, denn der Partner der Schuld sei die Verantwortung. Verantwortung zu übernehmen für das eigene Tun, das galt es nun. Ich wollte verlieren, was innerlich Macht über mich hatte und mich festhielt.
Zaghaft hatte mir meine innere Stimme im Hotel gesagt, ich sollte abschließen mit der Vergangenheit. Ich hatte es getan, ich hatte auf ein komisches Ziehen im Bauch gehört, und schon konnte ich wieder laufen. Erst jetzt, als die Stimme nicht mehr verdeckt war durch den so genannten Zivilisationsmüll, durch Telefon und tägliche Pflichten, wurde mir das bewusst. Mir war, als hätten die Ängste damit ihren Dämon verloren. Sie waren so offensichtlich. Jetzt konnte ich mit ihnen kämpfen, nein vielmehr waren sie auf einen Schlag nicht mehr wichtig. Sie verloren ihre Kraft und ihren Einfluss auf meinen Lebenslauf. Ich wollte künftig die Dinge fördern, die mir gut taten und konsequent die sein lassen, die mir schadeten. So sollte es sein. So sollte mein Zukunftsweg aussehen.

Ich hatte mir so viele Grenzen im Leben selbst gesetzt. Woher kamen diese nur? Mir wurde bewusst, dass diese Grenzen nur von mir selbst gesetzt worden waren. Und so wie der Weg des Sal, war auch mein Weg der, Neues zu erkunden. Die Aussicht an der Grenze war atemberaubend schön, anregend, inspirierend und erhellend, aber auch verwirrend und zuweilen beängstigend. Aber zurück wollte ich nicht mehr.
Ich wollte in Zukunft Dinge tun, die täglich eine Herausforderung für mich waren, täglich ein neues Lebenstor öffnen und schauen was sich dahinter verbarg. Täglich sehen, welch weiteren Schritt ich gehen konnte. Das wollte ich in Zukunft tun. Über-die-Grenzen-Treten.
Am Abend, in meiner Herberge angekommen, öffnete ich das Buch und las, was Sal mir zu sagen hatte:

Aus dem Buch des SAL:

Kannst du in den immer wiederkehrenden Krisen und deinen Gegnern Freunde erkennen? Schreibe alle Neins deines Lebens auf. Wo kehrt immer wieder diese leise Stimme ein, die sagt, das schaffst du nicht, das darfst du nicht? Notiere in der nächsten Woche alle Neins, die dir begegnen, die dir einfallen? Zweifel, Fehlschläge, immer wiederkehrende beunruhigende Erlebnisse. Hier auf dem Weg hast du Zeit, die Dinge in Ruhe zu betrachten. Schau dir die Zeichen genau an!

Da fiel mir die erste Etappe und das japanische Mädchen ein, mein Beruf, Firmen im Auftrag anderer aufzubauen, und das fast zwanghafte Koffertragen für andere. Ich war einem asiatischen Mädchen begegnet, das mit einem Rucksack und einem fünfzehn Kilo schweren Extra-Trolley bewaffnet war. Sie hatte wohl den falschen Führer gelesen und stand am steilsten Stück der Pyrenäen und sah etwas verloren aus. Die anderen Pilger gingen vorbei, grüßten sie und hatten sich keine weiteren Gedanken um sie gemacht. Nur ich hatte sie angesprochen, den Koffer ohne Zögern genommen und ihn die nächsten 20 km für sie bergauf getragen. Ich hatte es damals als Zeichen nicht begriffen. Jetzt aber kam das Verstehen.

Es gibt Mechanismen in unserem Leben, die wir nicht sehen können oder wollen, sie sind da, gleichsam unsichtbar. Bis wir anfangen, das Unbewusste, das Verdrängte ans Licht zu zerren. Durch die vielen Fragen von Sal, die Einsamkeit und das tägliche Wandern war ich irgendwie offener geworden. Ich nahm mehr war, konnte Zusammenhänge erkennen. Bilder und Blick waren klarer.

Jetzt wurde mir bewusst, warum bestimmte Menschen auf meine Handlungen überreagierten, warum bestimmte Ereignisse starke Reaktionen in mir hervorriefen und was mir das sagen wollte.

Die immer wiederkehrenden Situationen sind Hinweise auf Kreisläufe. Nicht aufwärts gerichtete, sondern stagnierende Momente. Es weist mich auf etwas hin, aber es ist kein Schicksal, keine Verpflichtung, ich kann wählen, will ich nochmals in solch eine Situation kommen, oder entschließe ich mich zur Entwicklung? Wir sind dazu da, uns weiter zu entwickeln, wenn

wir etwas schon mal getan haben, brauchen wir es nicht nochmals zu tun, wir können auf der Lebensleiter weiter gehen. Sonst drehen wir uns im Kreise. Der Hinweis ist eine offene freundliche Information, nichts weiter. Nichts zwingt mich, den Kreislauf zu wiederholen. Wenn ich ihn entdecke, wenn er mir bewusst wird, kann ich lernen, kann ich aussteigen, kann ich frei wählen.
Und das wollte ich künftig tun. Ich wollte mich nicht mehr bremsen lassen, noch mich selbst bremsen.
In den nächsten Tagen begann ich, jeden Tag schneller und weiter zu laufen, in der Absicht, wirklich alleine zu sein. Zunächst konnten mir noch einige meiner Begleiter folgen, und ich sah sie nachts in der Herberge wieder. Dann verließ ich einmal sogar schon früh morgens gegen 4.30 Uhr meine Schlafstatt, um alle hinter mich zu lassen, und lief bis zum Abend, vierzehn Stunden lang, bis zu sechzig Kilometer, fast ohne Pause. Endlich folgte mir niemand mehr. Ich wurde jeden Tag leistungsfähiger. Ohne Ballast, nur auf mich konzentriert, in meinem eigenen Rhythmus. Ich fühlte mich großartig und dachte dabei dennoch: irgendwie komisch. Du musst immer noch laufen, um dich frei zu fühlen, angekommen bist du anscheinend noch nicht.

Eines Tages führte mich der Weg durch den Torbogen eines alten zerfallenen Klosters. In der Ferne erhob sich ein Tafelberg. Im Schatten der Klostermauer machte ich Halt, setzte mich nieder und aß zu Abend. Dann bereitete ich mir auf großen Strohballen mein Nachtlager. Ich wollte unter freiem Himmel übernachten. Als es dunkel wurde, setzte ich meine LED-Lampe auf und begann wieder im Buch des SAL zu lesen.

Aus dem Buch des SAL:
11. Jahrhundert.

Sal war benommen, sein Kopf schmerzte, als er aufwachte. Erst wusste er nicht, wo er war. Die Fackeln an den Wänden waren herunter gebrannt. Musik spielte leise im Hintergrund. Ein Choral schwoll an und verebbte, setzte von neuem an und wuchs und wuchs, türmte sich zu einem Berg auf. Die Posaune des Meisters übernahm die Führung, wechselte sich darin mit einer hellen Stimme ab. Sal lag auf einer Art Strohmatte im Hinterhof eines Klosters.

Er hatte getötet. Zum ersten Mal in seinem Leben. Er hatte einen Menschen kaltblütig umgebracht. Sal war mit seiner Gruppe, dem Anführer und zwei Frauen gewandert, als sie plötzlich von zwei Räubern aus dem Hinterhalt mit Lanzen und Bogen bedroht wurden. Der Anführer griff sofort zu seinem Schwert und zog es, als ihn auch schon ein Pfeil durchbohrte. Er sank tödlich getroffen in den Staub. Während einer der Räuber Sal und die Mitreisenden im Zaum hielt, leerte der andere sofort die Taschen des Anführers. Sie zogen ihm Schuhe und Kleidung aus, und als er so nackt im Staub lag, wandten sie sich der Gruppe zu. Sal konnte noch den stechenden, unsicheren Blick des einen Räubers sehen. Abschätzend sah dieser ihn an. Dann hob er nur unmerklich das Kinn und forderte sie auf, die Waffen und alle Wertgegenstände abzugeben. Hastig folgten sie seiner Aufforderung. Der Spuk war schnell vorüber. So schnell wie sie gekommen waren, waren sie auch wieder verschwunden.

Sie begruben den Anführer so gut es ging und machten sich dann auf zur nächsten Templerburg.

Ein paar Tage später war Sal, es war schon spät am Abend, mit einem Wanderfreund, einem starken Bretonen, vom Weg abgekommen, und als sie um die Ecke bogen, stolperten sie beinahe über die beiden Räuber, die betrunken an einem Feuer lagen.
Leise zogen sie sich zurück. Nachdem sie sich beratschlagt hatten, der Bretone kannte die Geschichte vom Überfall, schlichen sie sich leise an. Sal hob sein Schwert und stieß einem der Räuber die Klinge mitten ins Herz, während zeitgleich sein Freund den anderen tötete. Als Sal die beiden Toten im Staub liegen sah, fühlte er keine Reue. Er merkte, wie eine Welle an Wut und Hass in ihm aufkam. Sal hob abermals sein Schwert, als würde es von jemandem geführt, und ehe er sich versah, hatte er beiden die Köpfe abgetrennt.

Jetzt lag er da, in einem christlichen Lager, hatte gemordet, und konnte nicht bereuen. Er hatte es tun müssen.

Ich schlug das Buch zu, lehnte mich zurück, atmete tief durch, denn in dem Moment als Sal gemordet hatte, da hatte auch ich gemordet. Den Kopf, den Sal abgeschlagen hatte, hatte auch ich abgeschlagen. Mit aller Härte und Konsequenz. - Und es war befreiend. Ich sah die Köpfe meiner Widersacher in den Staub sinken. Tiefstes Glück empfand ich dabei. Ich wurde nicht mehr herum geschubst. Ich hatte mich gewehrt. Zum ersten Mal. Ich liebte es.

Ich spürte das Schwert an meiner Seite. Spürte die Stärke und Kraft, die es mir verlieh. Ich wollte das Schwert wieder gebrauchen, wenn es einmal gefordert sein sollte. So soll es sein, dachte ich.

Am nächsten Morgen saß ich beim Packen und sinnierte über das, was ich gelesen hatte, und was es ihn mir auslöste. Dabei fiel mir wieder ein Gespräch ein, das ich ein paar Tage zuvor geführt hatte. Eine alte Frau hatte mir, an ein baufälliges Hoftor gelehnt, vom Kampf zweier Löwen erzählt, eines grünen und eines roten Löwen. Vom Kampf des friedlichen ewigen Geistes der Natur, der sich mit allmählicher Veränderung zufrieden gibt, gegen die überschäumende Energie, die sofort handeln will. Beide zielten nicht darauf ab, ihren Gegner zu vernichten, sondern sie wollten Energien frei setzen und ein ausgewogenes Verhältnis erreichen.

In den letzten Wochen hatte ich Trauer, Freude, Wut und nun auch noch Hass kennen gelernt. Emotionen, die ich mir in meinem Leben nie zugestanden hatte. Emotionen, die mich, so erschien es mir, vom zu friedlichen Geist zum zu kämpferischen Geist führten.

Welches Verhältnis war das meine? Wie verhielt es sich mit meinen Kräften? fragte ich mich, während ich mein Tagespensum begann. Als ich so, in Gedanken versunken an die Geschichte mit Sal denkend, über die Felder wanderte, musste ich immer langsamer geworden sein. Jedenfalls lief ein älterer Mann von hinten auf mich auf, den ich bereits einmal gesehen hatte, oder war er nur dem Pferdeflüsterer aus Sals Buch ähnlich? Sein Blick und die Ruhe, die von ihm ausging, veranlassten mich, in seinen Schritt einzufallen und mit ihm zu laufen.

Plötzlich hielt er an und zeigte auf ein Steinrelief an einer Hausmauer. „Kennst du diesen Drachen?“ Ich schüttelte den Kopf. „Es ist eine alte alchimistische Darstellung. Sie heißt Ouroboros. Es ist ein Drache, der sich zu einem Kreis zusammengerollt hat und sich selbst in den Schwanz beißt. Weißt du, was das bedeuten soll?“ Ich verneinte wieder. „Es soll für die Fähigkeiten stehen, die in einem jeden von uns schlummern, und die nicht genutzt werden. Sie wollen entdeckt werden, das ist unser Auftrag – zwar schläft der Drache noch, doch seine gesamte Energie trägt er schon in sich. Die Kunst besteht darin, ihn zu wecken, unsere Möglichkeiten dabei kennen zu lernen und diese zu nutzen für unser Leben.

Wir liefen weiter auf einem sanft ansteigenden Weg, mehrere Kilometer, und als wir über einen Grat kamen und eine große Weite erblickten, fragte er mich plötzlich und unvermutet:

„Was ist langfristiger Lebenserfolg für dich?“ Er sah mich dabei mit einem beredten Blick an.

Vor meiner Abreise hätte ich ihm klar geantwortet, eine Familie, Gesundheit, gutes wirtschaftliches Auskommen, also die rituellen Trumpfkarten aus der Bankenwerbung. Jetzt aber musste ich nachdenken.

Es ist, wenn man die Liebe entdeckt hat. Oder? dachte ich zunächst. Ein paar Kilometer später, sagte ich zu ihm: „Es ist das Loslassen von allem und die Liebe zu allem.“

„Was ist Loslassen für dich?
Wie kannst du loslassen?

Wie kommt die Liebe zu dir?
Für was empfindest du Liebe?", fragte er mich.

Dann fuhr er fort: „Alles Äußerliche kann dir genommen werden und damit bist du auf einen Streich wieder nicht mehr erfolgreich, Firmen, Reichtümer, Familie, Gesundheit, oder? Du hast die vielen Erfolgreichen gesehen, die durch das Schicksal beraubt, plötzlich nackt da standen. Zunächst musst du erst einmal erkennen, was wichtig, was wirklich wichtig für dich ist. Ganz klar und schonungslos. Ist es die Freude am Töten? Ist es die Befriedigung, Macht über andere zu haben? Ist es die Emotion in der lustvollen Vereinigung mit einem anderen Menschen? Welche Wünsche sind es? Ist es die materielle Vormachtstellung? Soziale Weihen und Titel? Was verstehst du unter Liebe, Glück und Zufriedenheit? Aus diesem ganz persönlichen Mix entsteht dein Wunsch und dein Recht nach Einzigartigkeit. Dies gilt es zu verwirklichen, natürlich nur unter der Voraussetzung, andere Menschen nicht zu verletzen oder diesen zu schaden, dies ist die Maxime. Alles, was dir wichtig ist und bisher nicht erfüllt wurde, sind Potenziale. Der Blick sollte nicht zurückgehen in die Vergangenheit, dort wo die Sonne aufgeht, in den Osten. Der Osten steht symbolisch für deine Geburt. Umso mehr solltest du in die Zukunft blicken, dem Westen entgegen, ohne Angst, aber mit Respekt vor dem, was uns alle einst erwartet, der Tod. Dies sollst du von nun an tun, auf deinen Zukunftsweg blicken.
Wenn das, was du da erkannt hast, wirklich wichtig für dich im Leben ist, dann sollst du in Zukunft alles fördern, was diesem Zustand dienlich ist und alles vermeiden und abbauen, was diesem abträglich ist. Meist bleiben die Menschen an der Verwirrung ihres Verstandes kleben und erkennen ihren Wahn nicht. Sie sind

Lebensbenutzer geworden und beschäftigen sich nicht mit dem höheren Sinn.

Wenn du deine Zukunft erwandern willst und in Zukunft mit dir und Gott und der Schöpfung gehen willst, dann denk doch einmal über Folgendes nach. Alle Lehren, die du aus der Wanderung gezogen hast, sollten erstens künftig Maxime deines Handelns sein und angewandt werden. Wir fragen aber immer, und werden nach unserer Rückkehr sicher auch von anderen nach den Beweisen für die Rechtmäßigkeit dieses Handelns gefragt. Und wenn wir dann vermeintlich Beweise dafür gefunden haben, dann zergliedern wir diese und versuchen, die Beweise zu ergründen, sind sie wirklich logisch, wahr? Gibt es einen Widerspruch? Zweifel kommen in uns hoch. Wir verbringen unsere wichtigste Zeit mit der Suche nach Beweisen und Gründen, dabei sollte der höchste Einsatz doch der Anwendung der gezogenen Lehren gelten.

Du hast die wesentlichen Fragen für dich auf der Wanderung beantwortet, was du unter Liebe, Glück, Freundschaft verstehst, was du beeinflussen kannst und was nicht.

Nun lebe in der Praxis danach und du wirst glücklich sein. Für deinen zukünftigen Weg solltest du bedenken, dich keinem anderen mehr auszuliefern. Wir überlassen unsere Träume, Seele und Geist, ja oft auch den Körper bereitwillig anderen und gehen damit aus der Mitte, von uns weg. Gewöhne dir Zurückhaltung und Bedacht an, bevor du den nächsten Schritt tust. Entdecke die Langsamkeit in wesentlichen Dingen, auch wenn die Welt nach Schnelligkeit schreit.

Oftmals äußern wir Wünsche und Träume vorschnell und beschäftigen uns tagelang mit Wunschbildern, die so nie eintreten werden. Das ist Zeitverschwendung. Warum? Weil uns von vornherein der Wille für den Traum fehlt. Es ist nur schönes leichtfertiges und wichtigtuerischeres Gerede. Bedenke erst die Voraussetzungen und Folgen und gehe dann ans Werk. Andernfalls wirst du anfangs voller Begeisterung an die Sache herangehen, da du ja keine der möglichen Entwicklungen bedacht hast, später aber, wenn irgendwelche Schwierigkeiten auftauchen, schmählich aufgeben.

„Wie soll ich wissen, was gut für mich ist?“, fragte ich.
Du weißt nicht, was gut, wirklich gut für dich ist? Du wirst es wissen, wenn du ganz wach bist. Höre auf deine innere Stimme, lerne dein Bauchgefühl kennen und folge der inneren Stimme. Gehe in Räume, die dir unbekannt sind, erweitere deine Grenzen. Wende dich dir selbst zu und frage dich bei neuen Dingen und Herausforderungen, welche Kraft du hast und verspürst, dich mit diesem oder jenem auseinanderzusetzen. Mutet man dir oder du dir selbst eine schwere Strapaze zu, und du willst diese wirklich auf dich nehmen, so wirst du Ausdauer an dir kennen lernen. Beleidigt man dich auf dem Wege, so wirst du Gleichmut finden. Wenn du dich daran gewöhnt hast, deine innere Stimme zu fragen, werden dich die äußeren Eindrücke und falschen Vorstellungen nicht mehr hinreißen und aus der Mitte bringen.

Verlange dabei nicht und nie, dass das, was geschieht, so geschieht, wie du es dir wünschst, sondern wünsche, dass es so geschieht, wie es geschieht - und dein Leben wird heiter dahinströmen.

Du hast gespürt, was dich bewegt auf deiner Reise, du hast gehadert, anderen die Schuld gegeben, dich geängstigt, dir selbst die Schuld gegeben. Hast in der Zukunft geträumt und dich in vergangenen Ängsten gesuhlt.

Du bist dir klar geworden über deine Werte Wünsche und Ziele, und die gilt es künftig nicht aus den Augen zu verlieren. Sonst wirst du den Weg wieder und wieder gehen müssen.

Plötzlich schoss mir eine Erkenntnis durch den Kopf. Ich musste nichts mehr entscheiden, mir nichts mehr vorerzählen. Ich konnte leben ohne die Rechtfertigung wie gut ich war, dass ich alles konnte und wie richtig all mein Tun war.

Der Mann fuhr fort:
„Deine wahren Potenziale sind eben die Sehnsüchte und Träume, deine Werte und Grundsätze und deine Fähigkeiten und Fertigkeiten. Viele dieser Potenziale hast du bis dato nicht genutzt, nicht gesehen, nicht gelebt, sie sind dir jetzt bewusst geworden. Jetzt gilt es, diese auf deine Berufung auszurichten, deinen künftigen Lebensweg. Glücklich und erfolgreich ist der Mensch, dem es gelingt seine Potenziale auf seine Lebensziele auszurichten und zu nutzen. Dabei ist nicht der Grad der Zielerreichung, sondern alleine die Reise ausschlaggebend.
Nur das kannst du beeinflussen, lebe daher so, dass du künftig auf den Kräften des inneren Selbst als Fundament dein äußeres Selbst aufbaust, nicht andersherum wie bisher. So wirst du auf lange Sicht glücklich und erfolgreich sein, Seelenruhe finden und nicht fürchten müssen, am Ende deines Lebens zurück zu blicken, um fest zu stellen, dass du dein Leben an dir vorbei gelebt hast. Dann könnte nichts mehr geändert werden, dann wäre es zu spät."

Er sah mich lange an. Dann nickte er mir aufmunternd zu und sagte, es sei nun Zeit für ihn zu gehen. „Ich wünsche dir eine gute Lebensreise“ sprach er, drehte sich um und wollte weg gehen. Spontan rief ich ihm nach: „Wie heißt du eigentlich?“

Er lächelte und sagte: „Gabriel.“

Als ich ihm mit meinen Blicken folgte, dachte ich: Gabriel, wie sonst sollte er wohl heißen?

Ein paar Tage später traf ich an einem Brunnen auf eine alte Frau. Wir kamen ins Gespräch über meine Unterredung mit Gabriel, über das Leben und die Erfüllung.

„Entscheidend ist der Zugang zu unserem inneren Generator. Um den zu finden, braucht es Zeit zum Innehalten, Reflektieren - allein oder gemeinsam“, sagte sie.
Die meisten entdecken auf diesem Weg ihre Antipoden. Schnelligkeit und Langsamkeit, Liebe und Hass.

Es gibt zwei Gründe, warum sich Dinge manifestieren.
Die Causa Efficiens, das männliche Überleben in der rauen Welt mit dem Schwert in der Hand, in der alles seine Wirkung hat und die so den Fortschritt vorantreibt. Auf der anderen Seite die Berufung, die Causa Finalis, eben die Sehnsucht, der Traum, die Vision. Beides zu einer individuell stimmigen, einzigartigen Balance gebracht, bedeutet Lebenserfolg.

Ruhe und Bewegung, Spiritualität und materielles Überleben, Liebe und Anerkennung, beides benötigen wir, um unser Glück

und langfristigen Lebenserfolg zu erleben. Fehlt eines von beiden, fehlt etwas, und dieses etwas wird sich irgendwann bemerkbar machen.
Die Essenz des Erfolgs ist in dir. Immer schon, sie war schon immer da und will geschöpft und in Balance gebracht werden. Wir müssen uns nur auf den Weg machen, den Zugang zu finden. Dazu wir benötigen keine externe Hilfen, keine Stimulanzen, keine teuren Autos. Diesen Zugang gilt es, zu finden.

Wir schauen oft auf die äußere Welt und orientieren uns in unserem Tun an ihr. Das ist ein Initial-Fehler. Viel entscheidender ist unsere innere Welt. Wann fühlt sich diese wohl, ruhig, sicher, frei und unabhängig, nicht gequält, gedrängt oder benutzt an?
Schauen wir auf unser Inneres. Fragen wir uns: was wollen wir? Was bewegt uns?
Was bekommen wir heute nicht, ist aber doch so unendlich wichtig für uns? Dann wissen wir auch, welch inneres Potenzial wir nicht genutzt haben. Verhindert vielleicht durch die Gesellschaft, durch unsere Prägung, durch unsere Erziehung.

Wenn wir wissen, was wir wollen, was uns wichtig ist, was wir lieben, wenn wir alles schön aufgelistet haben, was wir von unseren Partnern, Freunden und Mitarbeitern erwarten, dann sollten wir uns überlegen, wie wir dies im Leben erreichen können.

Dabei gilt: lass alles künftig konsequent weg, was dir nicht gut tut, und fördere, was dir gut tut, mit aller Kraft.

Der Weg zum eigenen langfristigen Erfolg wird so ganz allmählich, schrittweise, begangen, nicht über Nacht, dies gelingt nur im Film und ist selten nachhaltig. Erst müssen wir unser System erkennen, dann beherrschen - sprich danach leben - und dann können wir uns daraus befreien, uns sichtbar machen, wahrlich einzigartig werden. Orientieren wir uns an den anderen, werden wir nicht erkannt, weil wir uns selbst nicht erkannt haben.

Auf den nächsten Etappen sah ich mir die Türen und Tore, die das Leben so bietet, genauer an. Öffnete manchmal eine Tür, nur um sie gleich wieder zu zuschlagen. Manchmal verweilte ich für eine Zeit auf der Schwelle, und dann, nach und nach, kristallisierten sich bestimmte Türen, ja Wunschbilder heraus. Wurden klarer, definierter, lebendiger, verlockender. Diese probierte ich dann aus. Erst zaghaft und, nachdem ich mich damit wohl fühlte, mit immer mehr Selbstbewusstsein und Freude.

Ich sah mich als freien Menschen, ohne Abhängigkeit, in stiller Abgeschiedenheit an einem Meer lebend. Menschen kamen zu mir, um von mir ein Stück des Weges begleitet zu werden. Es war dort friedlich und ruhig, voller Harmonie. Ich stellte mir mein Traumleben vor und lernte, darin spazieren zu gehen, mich wohl zu fühlen. Und mit jedem Schritt wurde es seitdem mehr Wirklichkeit.

Die Ankunft:
Und dann waren es plötzlich, nach so vielen Wochen, nur noch wenige Kilometer. Ich war früh morgens aufgestanden, sehr zeitig. Um 12.00 Uhr mittags sollte, wie jeden Tag, die Pilgermesse stattfinden, da wollte ich in der Kathedrale sein. Voller Vorfreude ging ich durch die Wälder auf die Stadt zu. Ja, genauso musste es bei vielen anderen und bei Sal, dem ersten Wanderer aus meiner Familie, gewesen sein.

Fast 900 Kilometer war ich gelaufen, war mittlerweile schlank, braun gebrannt und voller Energie. Als ich auf den Monte do Gozo kam und den ersten Blick auf die Stadt erhaschte, da machte mein Herz einen Sprung. Ich konnte es kaum erwarten, in die Kirche zu kommen. Durch die industrielle Vorstadt, über Straßenkreuzungen und befahrene Straßen ging es immer näher dem eigentlichen Ziel zu. Die Türme der Kathedrale konnte ich immer noch nicht sehen. Die Beschreibung des Sal traf aufgrund der Verbauung nicht mehr zu. Und so stand ich, als ich um eine Hausecke bog, plötzlich und unerwartet vor der Kathedrale. Der Weg mit den vielen Pfeilen und Muscheln hatte mich an den rückwärtigen Teil geführt. Ich fühlte mich stolz und kräftig. Ich lächelte, als ich die Tür der Kathedrale öffnete. Die Pilgermesse musste gerade begonnen haben. Andächtig näherte ich mich den dicht besetzten Bankreihen von hinten und nahm auf einer der letzten Bänke Platz. Viele Pilger saßen mit ihren Rucksäcken in den drei Kirchen-Achsen, beäugt von den vorbeilaufenden Touristen. Hier in der Menge der Pilger fühlte ich mich wohl. Ich hörte dem Pfarrer, der die Zeremonie leitete, gar nicht zu. Manchmal wurde das Hochamt unterbrochen durch den wunderschönen Gesang einer Nonne, die

die Menschen mit Erfolg zum Mitsingen aufforderte. Meine Gedanken schweiften ab. Ich atmete ruhig.

Mein Blick ging nach innen. Eine erhabene Stille senkte sich um mich, die Geräusche der fotographierenden Touristen verschwanden in den Hintergrund. Ich hörte sie nicht mehr. Die Bilder meiner Reise wurden mir wieder bewusst, die Menschen meines Lebens, die Menschen, die ich kennen gelernt hatte auf dem Weg, die Momente, als ich arbeitslos geworden war, als mir meine Frau von ihrer neuen Liebe erzählte. Die Erinnerungen waren ganz real, echt und doch irgendwie weit weg, wie Bilder eines alten vergangenen Lebens – sie gehörten zu mir – aber ich war ihnen entwachsen. Nach und nach sah ich Menschen auf mich zukommen, alte Freunde, Weggefährten. Es wurden immer mehr, sie setzten sich um mich herum, nahmen mich in ihre Mitte, freundlich - mit offenem Blick sahen sie mich an. Alle waren sie hier, die Menschen, die mir so viel bedeuteten, lebende und tote, meine Kinder, mein Vater, meine Mutter, meine Familie. Ich fühlte eine unendliche Dankbarkeit in mir aufsteigen. Dankbarkeit für alles, was ich erleben durfte im Leben und hier auf meinem Weg, und da war noch einer, einer den ich als Letzten hier erwartet hätte, auch Sal war gekommen in seinem Lederwams. Noch am Abend vor der Ankunft hatte ich Sals Buch über seine Ankunft hier an selber Stelle vor fast tausend Jahren gelesen. Sal kam zu mir herüber, setzte sich direkt neben mich. Es war mir fast, als hätte ich einen Bruder, nein, viel mehr, als wäre mein anderer Teil zu mir gekommen, als hätte ich diesen anderen Teil hier auf dem Weg kennen lernen dürfen. Ich hatte Angst, Hass, Wut und Trauer, und höchste Freude so intensiv erlebt, wie noch nie zuvor.

Durch Sal war ich in Schwingung geraten, Sal war mein anderer Pol, der bislang nicht gelebte, wie bei einem Pendel, das zwei Pole benötigt, um in Schwingung zu kommen. Schwingungen und damit auch Energie benötigen zwei Pole. Nicht einen bösen und einen guten Pol, sondern urteilsfrei, innen und außen, oben und unten, Krieger und Pilger. Sal hatte mich gelehrt, meine andere Seite nicht mehr zu hassen, nicht mehr zu verstecken, vielmehr sie anzunehmen, wie sie ist. So saßen wir beide Hand in Hand in der Messe, Sal, der Bruder aus dem elften Jahrhundert und ich, sein Fleisch und Blut, der Manager aus dem 21. Jahrhundert. Die Zeit stand still um uns, wir wurden eins und ganz. Meine innere Sehnsucht wurde gestillt. In diesem Moment wurde ich mir wieder der inneren Stimmen bewusst, ich konnte sie nun rufen, ganz nach Belieben, ich konnte sie um Rat fragen, wir waren Freunde geworden. Ich spürte das tiefe Bauchgefühl und die Verbindung mit dieser Kraft, das Einswerden. Es gab keine Vergangenheit, keine Gegenwart und keine Zukunft mehr. Eine große Leichtigkeit stieg in mir auf. Ich fühlte eine unendliche, mich erfüllende Energie. Alle meine Sorgen und Ängste waren dahin. Ich hatte Vertrauen in die Schöpfung. Ich hatte meinen Gott gefunden. Als ich nach einer Weile, sie erschien mir als Ewigkeit, aus der Versenkung erwachte, hatte sich der Gottesdienst fast dem Ende genähert.

Ich freute mich auf das Tageslicht, den Abschied von den anderen Pilgern vor dem barocken Kathedralenportal, die Fotos und den Neuanfang. Nun wusste ich genau, was ich hier auf dieser Erde sollte, woher ich kam und wohin ich gehen wollte.

In dieser Nacht schlief ich gut und lange in einem, den Kathedralenplatz angrenzenden, Hotel.

Wie Sal blieb ich in der Stadt und hörte mir die Hohe Messe dreimal an. Für Sal war es ein sehnsüchtiges Warten auf die Liebste. Sie hatte ihm versprochen, in der Kathedrale auf ihn zu warten. Für mich war die Messe einfach nur Genuss und Treibenlassen nach der großen Anstrengung. Sal hatte seine Geliebte damals in der dritten Messe wieder getroffen. Unbeschwerte Tage hatten die beiden dann verbracht, und schließlich waren sie gemeinsam die letzte Etappe ans Meer nach Finisterre gewandert.

Auch ich begab mich auf die letzten Meter meiner Reise. Es waren noch gute drei Tagesetappen bis zum Ziel meiner Sehnsucht. Die ganze Reise über hatte ich meinen Ehering am Finger getragen. Den Ring, den ich gemeinsam mit meiner Frau ausgesucht hatte, damals vor vielen Jahren, kurz vor unserer Hochzeit, und den ich die ganzen Jahre nie abgelegt hatte als Zeichen unserer Verbundenheit. Als Zeichen, seht her, ich liebe diese Frau. An der Sorgenpyramide, einem rituellen alten keltischen Symbol, hatte ich mit dem Gedanken gespielt, den Ring abzulegen und mich damit meiner Sorge zu entledigen. Ich konnte es damals nicht tun, ich hatte Angst davor gehabt, nun auch wirklich symbolisch alleine zu sein, gleichsam nackt. Nun drehte ich den Ring an meinem Finger, sah ihn in der Sonne blitzen und wusste, was ich zu tun hatte. Auch ich begab mich auf die letzten Etappen auf den Spuren meines Ahnen. Nach Finisterre.

Aus dem Buch des SAL:
11. Jahrhundert.

Die beiden näherten sich dem Meer, schon von weitem konnten sie es riechen und dann auch hören. Sie liefen Hand in Hand. Als sie am Meer ankamen, fragte Sal das Mädchen: „Sag mal, glaubst du, dass die Welt hier, da draußen endet?" Das Mädchen sah ihn an und sagte: „Ja, ich glaube schon, wo es doch alle sagen!".

Am Abend, nachdem sie sich in ihrem Zimmer geliebt hatten und verschwitzt auf dem Bett lagen, glücklich, da sah Sal an die Decke und raunte ihr zu: „Ich glaube nicht, dass die Welt dort draußen endet, nicht hier noch irgendwo sonst! Es gibt noch viel mehr, was wir nicht gesehen haben." Aber sie konnte ihn nicht hören. Sie war bereits eingeschlafen.

Aus dem Buch des Sal:
11. Jahrhundert.

Am nächsten Morgen erwachte das Mädchen durch die Sonnenstrahlen. Es war schon spät, und die Hitze des Tages war bereits im Zimmer zu spüren. Obwohl die Vorhänge zugezogen waren, hatten sich ein paar Strahlen ihren Weg durch die Vorhangsritzen gebahnt und die nackte Haut des Mädchens sanft mit ihrer Wärme gestreichelt. Das Mädchen räkelte und drehte sich im Bett um. Ihre Hand suchte schläfrig die Berührung mit Sal. Als sie ihn nicht ertasten konnte, öffnete sie langsam und zaghaft

die Augen. Nach einer Weile wurde ihr bewusst, dass er nicht mehr im Bett lag. Sie setzte sich auf, strich sich das lange Haar aus der Stirn. Als sie sich im Zimmer umblickte wurde ihr gewahr, dass alle seine Sachen fehlten, und dass er das Zimmer bereits verlassen haben musste. Er war gegangen. Er war fort.

Mit einem Seufzer ließ sie sich traurig in die Kissen zurück fallen. Dann, als wäre ihr etwas eingefallen, rollte sie auf die andere, dem Fenster zugewandte Seite. Das Mädchen stand auf, öffnete die Vorhänge und blickte durch das Fenster hinaus auf das Meer. Ihre Blicke suchten ihn, aber sie konnte nichts als die Weite des Meeres sehen. Tränen schossen ihr in die Augen. Sie weinte eine Weile. Sie hatte immer geahnt, dass es einmal zu Ende gehen würde, dass er seiner Bestimmung folgen musste, um die Grenzen der Welt zu erkunden. Den ganzen Tag und bis in den Abend blickte sie aus dem Fenster, in der Hoffnung, nein, in der sicheren Gewissheit, dass ihre Gedanken den Weg zu ihm aufs Meer fanden. Da begann sie zu lächeln.

Epilog I , Buch des Sal Ex Ander
11. Jahrhundert.

An jenem Morgen, so wurde berichtet, nahm ein fremder Mann ein Fischerboot, und ehe man ihn hindern konnte, war er bereits mit den ersten Sonnenstrahlen ins Meer gestochen. Er hatte nichts bei sich getragen, so wurde berichtet. Das Boot nahm schnell Fahrt auf. Anscheinend wusste der Mann genau, was er tat.

Epilog II, Buch des Sal Ex Ander
11. Jahrhundert.

Einige Wochen später wurde das Schiff auf offener See aufgebracht. Es war unbeschädigt und in tadellosem Zustand. An Bord wurde nur ein in Leder gebundenes Buch gefunden. Auf dem Einband war eine in das Leder geprägte Muschel zu sehen. Sonst war es leer, als hätte es nie ein Mensch betreten.

21. Jahrhundert

Ich schlug das Buch zu, rieb mir den Nasenrücken und die Augen. Sal war also aufgebrochen, um seine Sehnsucht zu stillen und die Weite der Welt zu erkunden, zu sehen, zu spüren, was möglich ist, hier und immer da. Auch ich hatte aufgehört, die neu erlangte Gewissheit als immerwährend und absolut anzusehen. Ich wusste, ich würde der neuen Situation nie erlauben dürfen, zur Gewissheit zu werden, denn sonst bestünde die Gefahr, sich wieder festzufahren, wie einst, und Ängste um Besitz und Bewahrung zu entwickeln.

Ich war ihm nahe, ich spürte dieselbe Sehnsucht. Ich wollte es ihm künftig gleich tun, ihm folgen. Hier, an diesem Meeresufer, das vor mir lag, hier war er in See gestochen. Er hatte sich von allem befreit, was ihn von seiner Erfüllung trennte, was ihn ankettete.

Ich atmete tief durch, und dann rief mich meine innere Stimme. Ich nahm den Ehering vom Finger, drehte ihn noch ein letztes Mal in der Hand und ging, nein, lief, zur Klippe, roch den Wind, die Zeitlosigkeit, sah meine große Liebe, und dann warf ich den Ring so weit ich konnte. In einem weiten Bogen flog er glänzend, sich um sich selbst drehend, als wollte er sich noch einmal nach mir umsehen, überwand scheinbar spielerisch die letzten Meter und stürzte dann über die Klippen tief dem Wasser entgegen und verschwand eintauchend auf einem Wellenkamm. Ich saß noch lange da, sinnierend und verabschiedete mich von meinem alten Leben. Dann erhob ich mich mit einem Ruck, reckte Kinn und Schultern und begab mich auf meinen Weg um die Möglichkeiten dieser Welt zu entdecken.

Die Sonne begleitet mich seitdem. ENDE